ツカサ
I.L. きさらぎゆり

剣帝学院の魔眼賢者2

「きゃあっ⁉
何でラグ様が
いるんですか⁉」
クラウ・エーレンブルグ

「ふふん、どうやら今回は私の勝ちのようですわね。帝都の貴族を舐めてもらっては……」
リサ・フリージア
「あれ？ クラウが先に顔を出してるなんて……ってラグ君!?」
オリヴィア・コーラル

そうして僕らは同じベッドで眠りについた。
まるで互いに縋りつくように。
リンネ・サザンクロス

グライン

「ちょっ……ら、ラグくん――
いったい何をしているのかな？」
恐ろしい笑みを
浮かべて彼女は
問いかけてきた。
扉が開けられた時点で、
怒られる覚悟はしている。
ただ問題は……
部屋に入ってきたのが
スバルだけではなかったこと。

「ラグ・ログライン。
これは私としても……
説明を求めたい」

CONTENTS

剣帝学院の魔眼賢者２

ツカサ

講談社ラノベ文庫

口絵・本文イラスト／きさらぎゆり
デザイン／たにごめかぶと（ムシカゴグラフィクス）
編集／庄司智

序章

目覚めると、赤い世界が広がっていた。

そこは焦土。

炎熱に大気が揺らぎ、空は黒煙に覆われている。

熱い――息を吸うだけで喉と肺が焼けるよう。

何故《なぜ》、自分がこんなところにいるのか分からない。というか、自分が誰なのかすら思い出せない。

体に纏《まと》っているのは煤《すす》けた赤い外套《がいとう》。だが大きくて全然サイズが合っていなかった。

自分の手足はか細くて、体は小さい。たぶん私はまだ十歳にも満たない子供。

熱風で髪が靡《なび》く。その色は炎のように赤く見える。

「うう……」

肌が熱気に炙《あぶ》られて、私は外套で体を覆うようにして蹲《うずくま》った。

苦しい、痛い……。

本当にどうして自分はこんな目に遭っているのだろうか。

分かるのは、このままだと私はいずれ死んでしまうということだけ。

その時——揺らぐ景色の向こうに、黒い人影が現れる。

砂利を踏み締める足音を響かせて、その人物は私の前までやってきた。

立派な黒い鎧《よろい》を着た男の人。背中には、私の背丈より長い剣が見える。

「……誰？」

乾いて痛む目を何度も瞬きしつつ、問いかけた。

「ハイネル」

男は低い声で答える。

「聖霊より剣を賜った聖騎士《パラディン》である」

「聖騎士《パラディン》……？　すみません、私……何も分からなくて——自分の名前も思い出せないんです」

本来ならそれで彼の立場を理解できるのかもしれないが、今の私は首を傾《かし》げるしかない。

「別に構わん。私は託宣を受けた——君もいずれ聖騎士《パラディン》になると。それだけで十分だ」

男は一方的に告げると、私に手を差し出してきた。

「時が来るまで、私が導こう」

彼が言っていることは理解不能。

だけどこの手を摑《つか》めば、生き延びられる——。

そう思って彼の手を取った。

「……お願い、します」

「ああ。だが、名前がないのは不便だな。これから君はこう名乗るといい――リンネ・サザンクロスと」

これが私の始まった日。

この時から私は、ずっと、ずっと――戦い続けていた。

第一章　賢者と剣帝

1

目が覚めると、既に部屋の中は明るかった。

——まずい、師匠に怒られる！

夜明けと同時に起きて様々な雑務をこなすのが、弟子の仕事の一つ。特に師匠を起こしに行くのは、彼女の私室に出入りを許されている唯一の人間である僕にしかできない。きっと師匠の従者たちも困っているはずだと思い、慌てて体を起こしたところで——気付く。

「あ……」

ここは魔杖塔《ピラー》内にある部屋ではなかった。

ベッドと机と収納でほとんどスペースが埋まってしまうほど、狭さでは負けていないが——この場所は〝今の自室〟。

師匠、偉大なる賢者リンネ・ガンバンテインの弟子として過ごしていたのは、もはや千年前の出来事。

僕が暮らしていた結界都市サロニカも魔杖塔《ピラー》も、今は存在していない。

千年に一度、世界を焼き払う〝降炎《メギド》〟――それを為《な》す黒き太陽の魔神を止めるため、僕は師匠の魔術によって時を超えた。

けれどこの時代に黒き太陽はなく、賢者や魔術の存在も失伝し、風刃の魔術を使った僕はい、い、い、い、い、い、い、い目にも留まらぬ剣を振るう達人だと誤解されてしまったのだ。

ならばそれを利用して情報を集めようと、僕は特別な剣――聖霊剣《グラム》を持つ聖騎士《パラディン》たちの学院に入学した。

視線を動かし、机の横に立て掛けてある古びた杖を見る。

あれが僕の聖霊剣《グラム》――ということになっている〝錆びた鋼《ラスト》〟。だが実際は聖霊剣《グラム》などではなく、魔杖塔《ピラー》の核となっていた師匠の杖。結界を展開する機能を持つ魔導具だ。

その時、杖がぼうっと光を放ち、手の平サイズの少女が虚空から出現する。

竜のような角と尻尾と翼を持ち、白い髪と布を纏《まと》う彼女は、口元に手を当てて欠伸《あくび》をした。

「ふわぁ……パパ、おはよ」

「……おはよう、ルクス」

呼ばれ方に若干以上の抵抗を覚えつつも、僕は挨拶を返す。

彼女は聖霊のルクス。正式名称はルクシオン。

かつては契約者に重い代価を強いた邪悪な白竜だったが、僕が魔神の要素だけを斬ったことで女神の性質が濃い人型の聖霊として生まれ変わった。

パパと呼ばれているのもそれが理由。彼女の本体は迷宮から出られないため、こうして僕の杖を媒介にして分身を具現させている。

「あれ……？　何だか昨日より疲れてる？　眠れなかった？」

ルクスは翼を広げて僕の前に飛んでくると、不思議そうに問いかけてきた。

「いや、ちゃんと寝たよ。ただ――昨日の夜は色々あったからな」

体が重いし、右の魔眼にも違和感がある。

魔眼を全力で行使した反動だろう。

「え？　それってルクスがおやすみして……接続を切った後？　何があったの？」

問われて、昨夜の出来事が一気に頭の中に溢《あふ》れ返った。

魔王として現れた師匠。その望みは、長すぎる生の終わり。

僕は彼女の願いを叶《かな》えるために戦い、誰よりも愛しくて大切な人の命《いと》を断ち斬った。

「っ――」

胸が軋《きし》む。感情が溢れ、嗚咽《おえつ》が漏れそうになる。

視界も滲《にじ》むが――泣いてしまうことだけは奥歯を噛《か》みしめて堪《こら》えた。

「……大丈夫？」

心配そうにルクスが顔を下から覗《のぞ》きこんでくる。

「ああ」

どうしようもなく辛《つら》いけれど、後悔はしていない。

師匠の弟子として、最後の賢者として僕にはまだやるべきことがある。

「魔王を倒したんだ。ただ、魔王は元々七体いたみたいでさ。今回ので三体目——残りはまだ四体もいるらしい」

詳しい事情は伏せて、簡潔に事実だけを伝えた。

この時代で魔王と呼ばれていたモノの正体は、怪物と化してまで魔神と女神を打ち砕いた師匠。その過程で恐らく最適化が行われ、魔王は七つに分かたれたのだ。

魔王の一人を倒した僕は近いうちに剣帝から表彰されるらしいが……別に嬉《うれ》しくはない。僕はあくまで師匠の願いを叶えただけだから。

「え……それは、すごい。もうちょっと起きていればよかった」

心底残念そうにルクスは溜息《ためいき》を吐く。

「聖霊は魔王によって砕かれた魔神と女神の残滓《ざんし》から生まれたもの——だからやっぱり魔王が滅びるのは嬉しいことなのか？」

生まれ変わる前のルクシオンは、魔王に対して明確な怒りと復讐《ふくしゅう》心を抱いているように見えた。

「うーん……どうだろ。今は……別に。前のルクスは、魔王にやりかえしてやりたい気持ちがあったけど……仮に魔王を全部倒しても、ルクスたちを閉じ込める檻《おり》が消えるわけじゃないし」

けれど予想に反して、ルクスは首を捻《ひね》る。

「そうか――あれはもう独立した封印魔術だしね」

僕は納得して頷《うなず》いた。

聖霊は世界の各所にある聖霊の迷宮という場所に閉じ込められている。それを行ったのもたぶん師匠。

迷宮の鍵として設定されているのは十五歳時点での僕の生体情報だ。だから十五歳の人間が触れるとわずかに封印が緩み、その隙を突いて聖霊は人間を招き入れ、聖霊剣《グラム》という力を与えている。

「魔王本人なら解けるだろうけど、そんなことをしてくれるわけない。だからルクスはこうして自由に外を見て回れるだけでも満足」

部屋の中をぐるぐる飛び回ったルクスは、杖の上に腰かける。実を言えば僕なら何とかできるかもしれないのだが、師匠が聖霊を封じた理由が分からない以上、軽率なことをするわけにはいかない。

コンコン――。

その時、部屋にノックの音が響く。

ルクスは僕に小さく手を振ってから、スッと透明になって姿を消した。

「誰？」

扉の向こうに問いかける。

「クラウです。ラグ様と一緒に食堂へ行こうと思いまして……」

朝なので遠慮しているのか、抑えた声が返ってきた。

僕はベッドから降りると、部屋の入り口に移動して扉を開く。

「おはよう、クラウ。今日は窓から来なかったんだね」

そこに立っていた金髪碧眼《へきがん》の少女に僕は挨拶をした。

クラウ・エーレンブルグ。彼女は僕がこの時代に来て初めて出会った人間だ。

聖霊ルクシオンと契約した聖騎士《パラディン》でもあり、命に関わりかねない重い代価を強いられていた。けれど生まれ変わったルクスのおかげで彼女の代価は軽減されている。

今は同じ部隊に配属された同期生。クラウの部屋は真上のため、度々ベランダから入ってくるのだ。

「あはは……おはようございます。庭の方で先輩が訓練をされていたので止《や》めておきました。見られたら怒られちゃいますし」

既に制服姿のクラウは少し恥ずかしそうに頬を掻《か》く。

そんなちょっとした仕草でもドキリとしてしまうほど、彼女の容姿は際立っている。

あと彼女の様子を見る限り、僕が魔王を倒したことや表彰の件はまだ公になっていないらしい。

「それが賢明だ。じゃあすぐに着替えるから、ちょっとだけ待っていて」

まだ寝巻の僕は自分の格好を示した。

「はい、お待ちしています！」

笑顔で頷くクラウ。

今日からは学院で授業や訓練が始まる。

慌ただしい日常が今も続く胸の痛みを忘れさせてくれることを、僕は心の隅で期待していた。

2

寮の一階にある食堂へ入ると、ちょうどテーブルにつこうとしていた銀髪の少女がこちらを見て手を振った。

「ラグ君、クラウ、おはよう」

「ああ。おはよう、リサ」

俺は彼女――リサ・フリージアに挨拶をする。

リサはクラウの幼馴染《おさななじみ》であり、学院での同期生。クラウの代価を何とかするために、共に聖霊と戦った間柄だ。なので彼女はルクスのことも知っているし、僕が斬撃以外の魔術を使うところも目にしている。

「お、おはようございます……」

少し緊張した様子でクラウも挨拶を返す。

「うん」

笑顔で頷くリサを見て、クラウは安堵《あんど》の表情を浮かべた。

「……よかった。リサが昨日突然優しくなったのは、夢じゃなかったんですね」

帝都で最初に顔を合わせた時、リサはクラウが聖騎士《パラディン》になろうとすることを全力で阻止すると宣言し、模擬戦で負けた後もクラウのことを認めようとしなかった。

それはクラウに重い代価を負わせないため。けれどルクスが代価を軽くしてくれたおかげで、リサの態度も軟化している。

「夢なわけないでしょ。クラウが思ったより早く目覚めたから、もうこれ以上はうるさく言わないわ。というか昨日の夜も同じような話をしたじゃない」

肩を竦《すく》めて答えるリサ。

僕らが聖霊ルクシオンに直談判《じかだんぱん》しに行ったことは二人だけの秘密だ。何しろどうやってそこまで行ったのか、魔術のことを秘密にする前提だと説明しようがない。

「あはは、そうでした。でもこれで私たち、元通りですねっ！」

嬉しそうに言うクラウを見て、リサは気恥ずかしそうに視線を逸《そ》らす。

「まあ……クラウがいいなら、それでいいけど」

そこでふとリサは僕の胸元に目を留《と》めた。

「ほ、ほら、ラグ君。またネクタイが曲がってるわよ。それに寝癖も」

たぶん照れ臭いのを誤魔化すためだったのだろうが、リサは僕の身だしなみをテキパキ整えてくれる。

「わ、悪い――ありがとう」

髪に触れられるのが何だか恥ずかしくて、僕は上擦った声で礼を言った。

「むー……不覚です。ラグ様の弟子として、私がやるべきことだったのに……」

先ほどまで笑顔だったはずのクラウは悔しそうに呟《つぶや》いている。

「クラウには無理よ。そういうところズボラだもの」

「そ、そんなことありません。私だってやればできますよー」

「本当？　あなたもここ、少しハネてるけど」

苦笑しながらリサは、クラウの髪を撫《な》でた。

「ええっ？　ち、違います！　これはオシャレというか……」

「ふーん、じゃあ今度からは教えてあげない」

「そんな！　リサ、意地悪しないでくださいー」

じゃれあう二人を見て、僕は思わず笑ってしまう。

これが彼女たちの本来の関係なのだろう。仲直りできて本当によかった。

「朝から騒がしいですわね」

するとそこに同期生最後の一人、オリヴィア・コーラルが姿を見せた。

「やはり帝都の貴族である私とは育ちが違うようですが――せっかくの同期ですし、親睦を深める努力はしてあげますわ」

そう言うと彼女は、先ほどリサが座ろうとしていた席の向かいに腰を下ろす。

「……素直に一緒に食べたいって言えばいいのに。一言多いんだから」

リサはオリヴィアに聞こえないぐらいの声で呟く。

「まあ友好的なのはいいことだろ？」

苦笑しながらリサを宥《なだ》め、僕もオリヴィアと同じテーブルについた。

食堂にはまだ僕たち四人しかおらず、キッチンからは調理の音が聞こえてきている。たぶん僕たちは少し早過ぎた感じで、先輩たちはちょうどいい時間にやってくるのだろう。

――いずれ僕らも慣れるんだろうな。

学院生活が日常となっていくことが、何だかとても不思議な気分だった。

ハイネル剣帝学院。

十五歳で聖霊剣《グラム》を手にし、帝都へ集まってくる聖騎士《パラディン》たちに、教育と訓練を受けさせる場所。

学院生たちは十三の部隊に分かれ、それぞれの寮で共同生活を行っている。

僕やクラウ、リサ、オリヴィアが配属されたのは天牛隊《タウルス》。比較的、辺境出身の者が多い部隊らしい。

隊長は一見すると年下にも思えるほど小柄な少女、スバル・プレアデス。

彼女は今、教壇に立って僕らを見回していた。

「よし、全員揃《そろ》ってるね。いきなり遅刻してくる子がいなくてよかったよ。そしたら連帯責任で学院の敷地《しきち》を十周してもらうところだった」

体格に比べて大きすぎる胸を張り、スバルは冗談っぽく笑う。

階段状になった座席の最前列に座る僕らは、どう反応すればいいのか分からず顔を見合わせた。

ちなみに席は二人ずつ座れる長机で、窓際の席に僕とクラウが、中央の席にオリヴィアが、廊下側にリサが座っている。

「言っておくけど、本気だよ？　同期の君たちは今後授業だけじゃなく、実戦訓練や任務でも〝分隊〟として動いてもらうことになる。だから連帯責任は当然。今後、もし誰かが遅刻やミスをした時は全員でサポートしてあげてね」

スバルは圧のある笑みを浮かべたまま、僕らに釘《くぎ》を刺した。

「……お寝坊さんがいなくてよかったですわ。ただ、分隊というのであればリーダーが必要ではないですの？」

安堵の息を吐きつつも、オリヴィアは疑問を述べる。

「うん、だから今から分隊長を決めるよ。模擬戦で勝利したラグくんとクラウちゃんのどちらかがいいと思うんだけど、どうだい？」

そう言ってスバルはこちらに目を向けた。

すると僕が何か言う前に、クラウが手を挙げて発言する。

「はい！　私はラグ様がいいと思います！」

そう言った後、同意を求めるようにクラウはオリヴィアとリサの方を見た。

「私は彼に敗れていますから……異論を唱える資格はありませんわ」

オリヴィアは僕をちらりと横目で見ながら言う。

「あたしもラグ君で構わないわよ」

リサも頷き、それを見たスバルは口を開いた。

「そういうことみたいだけど、ラグくんはどう？」

隣からクラウの期待と信頼の眼差《まなざ》しを感じながら、僕は首を縦に振る。

「――皆がそれでいいなら、やらせてもらうよ」

代価が軽減されたとは言え、クラウが聖霊剣《グラム》の力を使えば眠ってしまうことに変わりはない。いざという時のため、彼女をサポートする態勢を作るのなら自分がリーダーであった方がいい。

「じゃあこれからはラグくんが分隊長。君たちは〝ラグ分隊〟ってことでよろしくね」

スバルはそう言って、黒板に〝ラグ分隊〟と書き記した。

文字にされると落ち着かない気分になるが、これも慣れるしかなさそうだ。

「というわけで――今からラグ分隊の授業を始めるわけなんだけど……ちょっと事情があってね。本来なら基礎教養や技能訓練から始めるところを変更して、君たちには〝帝都貴族の振る舞いやマナー〟を最優先で習得してもらう」

スバルの言葉にクラウが困惑の表情を浮かべる。

「マナー……ですか？」

「ああ。聖騎士《パラディン》は帝城や式典、社交界に招かれる機会もあり、相応の振る舞いが求められるんだ」

そう答えるスバルに、今度はリリが問いをぶつけた。

「なら、近々そういう機会があるということでしょうか？」

「うん、実はね――」

スバルは頷き、僕に視線を移す。

「ラグくんが剣帝様から直々に表彰を受けることになったんだ。分隊の君たちもその式典に出席する。だからまずマナーを学んでもらわないといけないのさ」

「へ……？」

間の抜けた声を上げたのはオリヴィア。

「い、今何と言いましたの？　け、剣帝様直々の表彰……？　き、聞き間違いですわよね？」

「あはは、わたしも最初はそう思ったよ。だけど本当。これはもうすぐ公表されることなんだけど、ラグくんは昨夜――魔王を倒したみたいなんだ」

「は――？」

絶句するオリヴィア。

クラウやリサも言葉を失《な》くす。

教室に沈黙が落ちる中、クラウが横から僕の服を引っ張った。

「……ラグ様？　本当、なんですか？」

「まあ――一応」

僕としてはそれを誇れるような心持ちではないので、苦い表情を浮かべて頷く。

「ら、ラグ君、そんなの聞いてないわよ？」

「魔王って……本当にあの魔王のことですの？」

オリヴィアとリサが驚きの声を上げた。

彼女たちの疑問には、スバルが答えてくれる。

「ああ。昨夜遅く、帝都内の焼却施設に集められた魔物の死骸の中から突如として人型の魔物が出現――付近にいた聖騎士《パラディン》及び〝円卓《ラウンズ》〟の金羊隊《アリエス》隊長クラウス・ゴートウェルが対処に当たった。クラウスは〝壁〟の強度から対象を魔王の一体と判断し応援を要請したが、直後に攻撃を喰《く》らって昏倒《こんとう》したらしい」

それを聞いてオリヴィアが声を上げた。

「〝円卓《ラウンズ》〟が、負けたんですの？」

「そうだ。通常の〝大魔《デヴォル》〟相手ではありえないことだし、それこそ相手が魔王だった証明とも言える」

頷くスバル。

大魔《デヴォル》とは体内に魔導器官を持つ魔物のこと。それらが展開する魔力障壁をこの時代の人間は〝壁〟と呼び、脅威度の指標にしている。

「ただ――わたしたちが応援に駆けつけた時、そこにいたのは誰もが知る最強の聖騎士《パラディン》、剣帝直属護衛《クルス》のリンネ・サザンクロスだけだった。てっきりわたしはリンネが魔王を討ったんだと思ったんだけど……彼女は言ったんだ。魔王を滅ぼしたのは、ラグ・ログラインだと」

そう言ってスバルは僕をじっと見つめてくる。

「まあ、その状況だと当然疑うよね」

僕は苦笑して頰を搔いた。

「いや、他はどうか知らないけど――少なくともわたしは疑ってないよ。リンネがそんな嘘《うそ》を吐《つ》くわけないからね。気になっているのは君の実力についてさ。君からは確かに強い〝匂い〟がしたけど、円卓《ラウンズ》以上かと言われたら微妙なところだから」

スバルは鼻をスンスンと鳴らしてみせる。

そういえば最初に会った時、彼女は匂いで色々なことが分かると言っていた。それが本当なら、彼女は魔力の気配を匂いとして捉えているのかもしれない。だとすれば今、僕から匂いがしないのは魔眼を使っていないからとも考えられる。

「……あまり追及しないでほしいな」

「そうですよ！　ラグ様の流派は門外不出なんです！　ラグ様の強さを知りたいのなら、まずは弟子入りからですね」

僕の言葉にクラウが同調してくれた。

クラウは最初、勝手に僕の弟子を名乗ったが――今ではもう既成事実のようになっている。入学試験では〝僕の魔術〟の一端を剣技として伝授したので、本当に弟子と呼んでもいい立場だ。

「う……さすがに弟子入りはちょっと難しいかな。仕方ないからラグくんの本気を見られる時を待つことにするよ」

スバルは苦笑して引き下がる。

そこでしばらく黙っていたリサが、躊躇《ためら》いがちに口を開いた。

「あの……魔王を倒したって……冷静に話してますけど、それって本当に……ものすごいことですよね……？」

「もちろん。公表されればラグくんは一躍ヒーローで、傍《そば》にいる君たちも注目されることになるし、数日後には剣帝様から表彰まで受ける。だからそれに相応《ふさわ》しい振る舞いをしてもらわなきゃね。と、いうわけで――」

大きく頷いたスバルは、そこでビシリとオリヴィアを指差す。

「生粋の帝都貴族であるオリヴィアちゃんが、皆に貴族の作法を教えてあげて」

「え？　わ、私が……？」

戸惑いながらオリヴィアは聞き返した。

「天牛隊《タウルス》は辺境出身者が多くて、唯一の貴族だったボルトくんも除隊しちゃったからね。まあわたしも一通り習いはしたけど……やっぱり〝本物〟がいるのなら、そちらを手本にした方がいいと思ってさ」

「本物……そ、そうですわね。真の貴族である私にしか、その役目は務まらないかもしれませんわ」

スバルの言葉を聞いたオリヴィアは、いつもの調子に戻って頷く。

「うん、だからよろしく。特にラグくんは、集中的に鍛えてね」

「はい——剣帝様の前で失礼があってはいけませんものね」

完全にやる気になったオリヴィアは僕に熱の籠った眼差しを向ける。

——貴族の振る舞いとか、一番縁がなかったものじゃないか。

まさかこんな展開になるとは思っておらず、僕は先行きに大きな不安を抱いていた。

3

「まず、辺境から来たあなた方に帝都の貴族とは何なのか——ということから説明してあげますわ」

スバルに代わって教壇に立ったオリヴィアは、俺たちに向けての講義を始める。

教室にはもう〝ラグ分隊〟の四人だけ。スバルは用事があると言ってどこかへ行ってしまった。

剣帝からの表彰を受けるという式典までは、ずっと作法などに関することをオリヴィアから教わることになるらしい。

「初代剣帝ハイネル様の血を引く——いわゆる分家の方々は当然貴族ではありますが、聖騎士《パラディン》として大きな功績を残した者にも貴族の位が与えられます。この帝都では血筋と強さと武勲に重きが置かれ、それらの総合評価が家の〝格〟になると考えてくださいませ」

オリヴィアは話したことを黒板に纏めつつ、僕らを見回す。

「ゆえに貴族の子弟は聖騎士《パラディン》になり、大きな戦果を挙げることを求められますわ。そこが辺境の上流階級とは違うところですわね。高貴で優雅でありつつも、武人としての側面も大きいのです。だから聖騎士《パラディン》として成果を挙げられなかった家は、聖騎士《パラディン》上がりの貴族を迎え入れることも多くて……」

そこで何故《なぜ》かオリヴィアは、憂鬱そうに溜息を吐く。

「オリヴィアさん？　大丈夫ですか？」

クラウが声を掛けると、彼女はハッとして首を振った。

「な、何でもありませんわ！　つまり辺境のナヨナヨした貴族とは一緒にしてもらっては困るということです。振る舞いや作法にも武人らしさがあって——一番大きなものは、たとえどれだけ目上の方に謁見する場合でも帯剣が許されている……というか剣を持って臨まなければいけないことでしょうか」

「え？　そんなの……危なくない？　暗殺とか、そういうことだってあるかもしれないのに。うちは商家だったけど、取引相手と話す時は手荷物検査が必須だったわよ」

リサもそれは知らなかったのか、驚きながら問いかける。

「立場が上の方ほど〝強い〟ことが前提になっているからですわ。たとえいきなり斬りかかられたとしても、自分にはそれを一蹴する強さがある——それを示すことが貴族としての義務であり、誇りなのです」

オリヴィアは腰の聖霊剣《グラム》に手を当てて語る。

「じゃあもしかして、僕が剣帝に会う時も？」

僕の問いにオリヴィアは頷いた。

「ええ、聖霊剣《グラム》を手に拝謁することが作法ですわ。けれど間違っても本当に斬りかかってはいけませんわよ。ハイネル三世陛下が持つのは、あの魔王城を消し飛ばしたという初代剣帝様から引き継がれた聖霊剣《グラム》なのですから」

怖い表情を作ってオリヴィアは僕に釘を刺す。だが僕は今の言葉の中にあった別のことに興味を引かれていた。

「引き継がれた……？　そうか——迷宮の外へ持ち出された聖霊剣《グラム》は契約した本人じゃなくても使えるのか」

僕の呟きを聞いてオリヴィアは呆《あき》れ混じりの笑みを浮かべる。

「あなた、そんなことも知らないんですのね。常識ですわよ。ただし聖霊の名前が分からないと力を解放できませんし、代価があった場合は使用者に課されます。それらの理由で使えない聖霊剣《グラム》も少なくありませんわ」

その説明を聞いて納得する。帝都に来て最初に出会った聖騎士《パラディン》ボルトは、僕とクラウから聖霊剣《グラム》を奪おうとしていた。

帝都の貴族は聖騎士《パラディン》になることが前提らしいので、きっと需要はあったのだろう。

「――また一つ勉強になったよ」

「ふふ、まだまだ始まったばかりですわよ。ここからは実技で作法をビシバシ叩《たた》き込《こ》んであげますから、覚悟してくださいね？」

「ひょっとして……模擬戦で負けたこと、まだ根に持ってる？」

「さて、どうでしょうか」

オリヴィアはとても楽しそうに笑っていた。

オリヴィアの講義は昼休みを挟んで、夕方の下校時間になるまで続いた。

クラウとリサは疲れた様子だったが、僕は学ぶことに関してはさほど苦には感じない。

むしろ新しい知識を吸収できて楽しいほどだ。ただ――。

「……寮に戻ってまで、続けなくてもいいんじゃないかな？　しかも僕だけ」

食堂の隅っこのテーブルで冷めた料理を食べながら、僕は向かいの席に座るオリヴィアに言う。

既に他の皆は食べ終わり、残っているのは僕らだけ。

「あなたは重点的に鍛えるように言われましたもの。それにクラウさんやリサさんは、上流階級の基礎的なマナーは既に知っていましたからね。一から始めるのはあなただけですわ」

腕を組んで僕の食事を見守りながら、オリヴィアは答える。

クラウとリサは辺境出身ではあるが、それぞれ領主と商家の娘だ。確かにスタートは僕が大分出遅れていた。

「けど、別に剣帝の前で食事をするわけじゃないんだし……」

「式典の後に食事会があったらどうするんですの？　備えは万全にしておくべきですわ。ほら――お皿の料理が半分以下になったら、それは最後まで食べきらないと。ちょっとだけ料理が残っていると見栄えが悪いでしょう？」

オリヴィアは僕の抗議を退け、食事についての注意をする。

こんな感じですぐ食事を中断させられるため、僕だけまだ夕食を終えられていないのだ。

「了解。貴族は変なところを気にするんだね」

素直に従いつつも、僕はそう呟く。

僕の時代でもひょっとしたらこういう作法はあったのかもしれないけれど、賢者の修行を行う生活の中では縁遠いものだった。

「些細《ささい》なことにも美しさを追求するのですわ。ところで、その……」

堂々と告げるオリヴィアだったが、そこで急に言葉を濁す。

「何？」

「あなたは……誰の名前を呼ぶ時も敬称をつけず、敬語も使いませんわよね」

妙に真面目な口調で、彼女は僕に問いかけてきた。

「……そのことか。まあ作法の話が出た時点で、いつか言われるとは思ってたよ。でも──教師役をしてもらっている君には悪いけど、これだけは直すつもりはない」

僕は溜息を吐き、そう宣言しておく。

非合理的なこだわりであることは自覚している。でも僕はどうしても師匠以外の人間を敬うような言葉遣いをすることに抵抗があった。師匠が──どうしようもなく遠い存在になってしまったからこそ、自分の中に在る彼女の存在を薄めるようなことはしたくないのだ。

だがオリヴィアは意外にも首を縦に振る。

「はい、それで構いませんわ。その辺りは武人の側面が強くて──自分の〝強さ〟に自信があるのであれば、言葉遣いに制約はないのです。あなたの場合は魔王を倒したという実績もありますから、それで咎《とが》められることはないでしょう。ただ……」

そこで一旦言葉を切り、彼女は僕の顔をじっと見つめてきた。

「あなたが私を呼び捨てにするのなら、私も貴族として〝受けて立つ〟必要がありますわ。つ、つまり――」

顔を赤くし、緊張した様子でオリヴィアはごくりと唾を呑《の》み込む。

「つまり？」

いまいち彼女が何を言いたいのか分からず、僕は先を促した。

「い、今は教師役もしていることですし……ら、ラグ――と、私も呼び捨てにさせてもらいますわよ？」

やけに上擦った声でオリヴィアは挑むように告げる。

「別にいいけど……」

そんな改まって宣言することなのだろうかと不思議に思いながらも、僕は首を縦に振った。

するとオリヴィアは安堵した様子で表情を緩める。

「よかった……ではなくて、それでこそですわ。では……ラグ、私からもう一つ提案しておきたいことがあるのですけれど」

居住まいを正して、彼女は言う。

「提案？」

一体何のことだろうと僕は首を傾《かし》げた。

「私の――夫になる気はありません？」

「ごふっ⁉」

思わず吹き出しそうになってしまい、僕は自分の口を手で押さえた。

「ちょ、ちょっと、作法がなっていませんわよ！」

「今のはオリヴィアのせいだろ！　いきなり夫って――」

あまりに唐突だったため、動揺を抑えられない。

「……はぁ、ラグは自分の立場がまだ分かっていないようですわね。私だけではなく――きっと明日になれば、帝都貴族の娘が求婚に押しかけるはずですわ」

「な、何で？」

冗談を言っているようには見えないオリヴィアに、僕は問いかける。

「魔王討伐は、これまで初代剣帝様とリンネ様しか為したことのない最大級の武勲だからです。将来の貴族入りもほぼ確実でしょうし、あなたを婿として迎え入れて家の力を増そうと試みる方々はたくさんいますわよ」

そこまで聞いて、僕は事情を把握した。

「──ああ、そういうことか。つまりこれは愛の告白とかじゃなく、どちらかといえば取引の話なんだな」

だとすれば冷静に考えられる。

「まあ……それはそうなのですけれど、私はまだ家から何も命じられていませんわ。魔王討伐の件が公になれば、そのような指示が来るかもしれませんが……少なくともこれは私の意思でしたことです」

そう言い切るオリヴィアの瞳には強い光が宿っていた。

「命令されるぐらいなら、自分の意思で──ってことか？」

僕の問いに彼女は苦笑する。

「ええ、今ここで求婚すれば私が一番乗りですもの。不利と分かっている勝負でも、全力で勝ちにいきたいですし」

肩を竦めるオリヴィア。

「不利？」

「コーラル家は初代剣帝様の血を受け継ぐ十二分家の一つ──とても由緒正しい家系なのですが、名を残すような聖騎士《パラディン》を未《いま》だに輩出できてはいませんの。文化的な貢献は大きいのですけれど、権力の中枢からは遠ざかって久しいですわ」

「……そんなことまで正直に話すなんて、少し意外だな」

もっとプライドが高く、決して弱みは見せない性格かと思っていた。

「隠していても、いずれ誰かに吹きこまれることですから。これからコーラル家より力をもった貴族があなたに良《い》い話をもちかけてくるでしょうし、損得を考えれば私が選ばれる可能性は低いですわね」

憂鬱そうにオリヴィアは息を吐くが、こちらにも言い分がある。

「オリヴィアは僕が誰かの求婚を受ける前提で話してるけど、正直そんなつもりは全然ないよ。たとえどんなに凄《すご》い貴族から話が来てもね」

「え？　そ、そうなんですの？」

驚いた顔で彼女は聞き返してきた。

「ああ。今はとてもそういうことを考えられないし――やるべきこともある」

誰よりも大切だった人の命をこの手で終わらせた……あの痛みがまだ胸の内にこびりついている。それに魔王と化した師匠の分身はまだ残っているし、魔神や降炎《メギド》についても本当に解決したのかは分からない。

帝都で権力を手に入れることなどより、僕には賢者としての役目を果たすことの方がずっと大事だ。それは師匠が願っていたことだから――。

「はぁ……それなら焦る必要はなかったかもしれませんわね。時間をかけて、ゆっくり私の魅力を伝えることができますわ」

安堵の息を吐いたオリヴィアは、僕に熱っぽい眼差しを向ける。

「え？」

何だか話の方向がおかしいような。

「あなたがどういうつもりだろうと、私は諦めるつもりはないですわよ？　何故ならあなたはこれまで出会った人間の中で、最も私の夫として相応しい方ですもの」

いつもの自信満々な態度に戻って彼女は宣言する。

ドキリと心臓が跳ねた。

やっぱり彼女の言葉はどうしても告白にしか聞こえない。

「……それって、オリヴィアは僕のことが好きって意味なのかな？」

だとしたら真面目に答えなければと思い、僕は確認した。

「へ？」

しかしオリヴィアはポカンとした表情を浮かべた後、顔を真っ赤に火照らせる。

「ち、違いますわよ！　私があなたを好きなんじゃなく——いずれあなたが私のことを好きになる……私の虜《とりこ》にしてみせると言っていますの！」

席から立ちあがり、僕に指を突きつけるオリヴィア。

「……了解」

これ以上言うと何だか泣き出してしまいそうだったので、僕は首を縦に振っておく。

「変な勘違いをしたら怒りますからね！　では食事も終わりそうですし、今日の講義はここまで――また明日、みっちり教え込んであげますわ」

赤い顔のままオリヴィアは食堂から走り出ていった。

僕は少し残っていた料理を平らげた後、天井を仰ぐ。

――虜、か。

今の僕は、たぶん師匠の思い出と言葉に囚《とら》われている。

そこから解き放たれる時は来るのだろうか。

――もしも。

もしもそんな日が来たら……。

それはとても寂しいことだと、そう思った。

4

翌日、帝城前の広場に魔王討伐に関するお触書が貼り出された。

混乱を招きそうだったので僕は見に行かなかったが、クラウたちの話によると広場はお祭り騒ぎだったらしい。

そしてオリヴィアが言っていたように、貴族の娘や使いの者が一斉に押しかけてきた。

事前にこうなると分かっていなければ、状況を把握できないまま流されていたかもしれない。

けれどオリヴィアのおかげで覚悟はできていたので、彼らには丁重にお引き取り願った。

そんな中、貴族の作法の講義や練習は日々行われ——とうとう式典の日がやってくる。

「まさか馬車で迎えに来てくれるなんてね」

僕はタウルス寮の前に停《と》まっている馬車を眺めて言う。

帝都へ来る時に商人の馬車に乗せてもらったが、明らかに作りが違った。馬車本体はあちこちに装飾をあしらった豪華なもので、それを引くのは二頭の白馬だ。

「主役はラグくんだから当然だよ。帝城の前までこの馬車が運んでくれる」

引率してくれるスバルが、笑いながら言う。

寮の外には見物人が集まっているが、クラウたちの姿はない。彼女たちは既に式典の参加者として帝城へ赴いている。

「……前より乗り心地は良さそうだ」

商人の馬車はかなり揺れて気分が悪くなったが、今回はまだマシだろうと僕は馬車に乗り込んだ。持ちものは師匠の杖である〝錆びた鋼《ラスト》〟だけ。ルクスはたぶん起きているはずだが、姿は消していた。

スバルと向かい合う形で座り、窓の外を見る。

見物人がこちらに向けて大きく手を振っていた。〝新たな英雄〟と書かれた看板を持っている人までいる。

――あの人たちは僕が魔王を倒したって信じてるんだな。

現場に居合わせたのはあの人……何もかもが師匠にそっくりなリンネ・サザンクロスだけだというのに。

それだけリンネが信頼されているのだろうが、納得していない者も多いに違いない。無用な混乱を避けるためには、リンネが倒したことにしてもよかったはずだ。いや……そもそも帝都内に魔王の侵入を許したことが、かなりの失態。剣帝や聖騎士《パラディン》への信頼が揺らぐ要因にもなりえる。

だというのに、これほど大々的に公表したのは何か狙いがある気がした。

――利用されるのは、あまり嬉しくないな。

大きな流れの中に呑み込まれてしまった感覚を抱きつつ、僕はスバルに問いかける。

「今日はパーティーとかはないんだっけ？」

「うん。帝城で剣帝様に表彰された後、広場に出て顔見せをして――それで終わりのはず。会食の場が設けられるとしても、また後日かな」

「……面倒事は一日で終わらせたいんだけどね」

溜息を吐く僕に、スバルは身を乗り出して注意する。

「ダメだよ、そんな態度じゃ。ラグくんは天牛隊《タウルス》の看板も背負ってるんだから」

「分かってる。オリヴィアに教えてもらったことは無駄にしない。きちんと作法通りに式典はこなすよ」

心配いらないと僕は頷く。

オリヴィアは講義以外でも、ほぼ付きっ切りで作法を教えてくれた。僕を虜にするとは言っていたが、オリヴィアの態度は常に真剣で——彼女の頑張りと期待に応えなければという気になってしまう。

「だったらいいけどさ」

スバルは笑いながら体を引く。

ざわざわと外から聞こえてくる喧噪《けんそう》が次第に大きくなる。

馬車は大通りを進んでいるようだが、道の両脇は人でいっぱい。兵士たちが前に出ないように人々を制止しているようだった。

御者台に通じる小窓は閉じられているため、馬車の進行方向を見ることはできないが、恐らく帝城はもうすぐ。

大通りから広場に入るとそこは人で埋め尽くされていて、歓声が馬車の中にまでビリビリと響いてきた。

——少し、怖いな。

師匠も、こんな気持ちだったんだろうか。

この光景に近いものを僕は知っている。

賢者として人々を救った師匠は、当然ながら街の住民たちから英雄扱いされていた。当時はそんな師匠に憧れていたものだけれど、いざ近い状況になってみると自分に向けられる想《おも》いの重さと量に空恐ろしくなる。

ガコン――と少し大きめの揺れと共に馬車が止まった。

「到着だ」

スバルの言葉に、僕は無言で頷く。

ここからは作法通りに――。

御者が外から馬車の扉を開くと、城門へ続く階段が視界に入った。

スバルに先導されて馬車を降り、上を見る。そこに聳《そび》えるのは大きな白亜の城。

ワァァァァァァァ――！

後方から響き渡る歓声。

兵士が壁を作って近づけないようにしているが、帝城前の広場に集まった人々は馬車から降りた僕を見て沸き立っているようだった。

しかし僕は彼らに背を向けて、階段を上り始める。

主賓である僕は道の真ん中を、前を向いて堂々と歩かなければならない。

案内役のスバルは横にいるが、当然おしゃべりは禁止。よそ見するのも不作法だとオリヴィアに教えられた。

階段を上り切り、開け放たれた城門から帝城の敷地へと入る。

すると途端に後方の歓声が遠ざかった気がした。

高い城壁で囲われた帝城は、荘厳な空気に包まれている。通り道の左右には兵士たちが並んでいたが、まるで銅像のようにピクリとも動かず、僕をじろじろ見てくることもない。

彼らも兵士の作法に則《のっと》って行動しているのだろう。

城内へ入ると、真っ赤な絨毯《じゅうたん》が奥まで真っ直《ま》ぐ《す》に敷かれていた。

スバルと共にその上を歩いて進む。

突き当たりは大きく重そうな木製の扉。僕らがその前で足を止めると、左右にいた兵士が両開きの扉を押し開いてくれた。

心構えはしていたのだが、その先の光景を見てぎょっとする。

広場に着いた時とは正反対に何の音も聞こえてこなかったのに――扉の向こうの広間には大勢の人々が立ち並んでいた。

見覚えがある。各列の先頭にいるのは、各部隊の隊長〝円卓《ラウンズ》〟たちだ。

天牛隊《タウルス》のところにはクラウ、リサ、オリヴィアの姿もある。

そして赤い絨毯が伸びる先――広間の最奥、少し高くなった場所にある玉座に座る壮年の男と、その隣に控える赤髪の剣士。

——剣帝と、リンネ・サザンクロス……。

あの男が国を統べる剣帝ハイネル三世で間違いないだろう。

かなり大柄な体格で、赤色を基調とした豪奢《ごうしゃ》な鎧《よろい》で身を包んでいる。まるで今すぐ戦に出るかのような出《い》で立《た》ちだ。

髪には少し白いものが混じっているが、こちらに向けられた鋭い瞳には爛々《らんらん》と生気が溢れている。首は太く肩は広く、鎧の上からでも筋骨隆々な体であることが分かった。

だが僕の目を引いたのは、何より彼が腰に佩《は》く大振りな剣。

ズキン——と右の魔眼が疼《うず》く。

あれはきっと聖霊剣《グラム》。けれど力を解放していない状態でここまで強い魔力を感じたのは初めてだ。

——それに、この感じ……。

僕の魔眼には、剣帝の剣から立ち昇る魔力が黒い炎のように見えていた。

何て禍々《まがまが》しい。

これは……知っている。魔神の気配だ。

聖霊は砕かれた魔神と女神の残滓から生まれたもの。だから魔神の気配があるのはおかしいことではない。ただ、剣帝がこんなに魔神の気配が濃い聖霊剣《グラム》を持っているのは意外だった。

クラウが契約したルクシオンのように、魔神の要素が濃い聖霊は意地が悪い。重い代価を課すのも、恐らくそういう聖霊だ。

——剣帝の聖霊剣《グラム》には、代価はないんだろうか。

そんなことを考えている間にスバルは先に広間へ入り、天牛隊《タウルス》の列に加わった。

「こちらへ」

剣帝の脇に立つリンネが僕を呼ぶ。

教えられた作法を頭の中で思い出しつつ、手にした〝錆びた鋼《ラスト》〟を腰に添え、僕は一人で剣帝の前に進み出る。

急がずゆっくり、歩調は一定に。前を向いたまま、視線は剣帝から外さない。

高座の前で立ち止まり、片膝をつき——そこで初めて頭《こうべ》を垂れる。

そのまま声を掛けられるのを、微動だにせず待つ。

列席する聖騎士《パラディン》たちも物音一つ立てない。

そして、たっぷりと間をおいて——ようやく低い声が広間に響く。

「顔を上げよ」

体にズンと圧《お》し掛かるような重々しい声音だった。

命じられた通りに顔を上げると、剣帝の赤茶色の瞳と視線が交わる。

求められるまで、決してこちらから発言してはならない。それが剣帝に謁見する時の作法。

「私は剣帝、ハイネル三世である。そなたの名を告げよ」

「――ラグ・ログライン」

　短く答える。

　喋《しゃべ》り過ぎないようにするのも必要なこと。

「そなたは魔王を倒したという。真《まこと》か？」

「ああ……本当だよ」

　苦く痛い記憶を噛みしめながら頷く。

　そこで初めて微《かす》かなどよめきが起きた。

　制約はないというものの、やはりこの言葉遣いの心証は良くないのだろう。もしくは僕が魔王を倒したとはっきり断言したことに、半信半疑だった者が動揺を覚えたのかもしれない。

「そうか――リンネからもそのように報告を受けている。その時点で疑いはなかったが、いやはや……実に喜ばしい」

　剣帝は笑みを浮かべると玉座から立ち上がり、僕のすぐ目の前までやってくる。

「魔王の討伐、そしてそれを為した新たな聖騎士《パラディン》の誕生を、私は心から祝福しよう。そしてそなたに歴史上三人目となる〝英雄〟の称号を与えることとする」

――三人目。

恐らく一人目は初代剣帝で、二人目がリンネ・サザンクロス。つまり魔王を倒した者に与えられる称号に違いない。

僕は顔を伏せ、頭を垂れることで褒賞を受け取る意を示す。

パチパチパチ……。

誰かが拍手を始めると、それは一気に広がり――豪雨のような音が広間を包み込んだ。

ただ祝福の場にしては、空気が少しピリついている。どこの誰とも知れない新参者がいきなり大層な称号を得たことに、心穏やかでない者が多いからだろう。

「立て」

剣帝の指示で僕は立ち上がる。

彼は高座にいるとはいえ、やはり背が高い。自然と見上げる形になり、僕は次の言葉を待つ。

「聖騎士《パラディン》たちに、新たな英雄の顔を見せてやれ」

僕は頷き、後ろを振り向く。

そこで初めて、居並ぶ聖騎士《パラディン》たちの顔を正面からまじまじと眺めることができた。

クラウ、リサ、オリヴィアは目が合うと微笑《ほほえ》む。

〝円卓《ラウンズ》〟や他の聖騎士《パラディン》たちの反応は様々だ。

率直に喜びを表している者もいれば、物言いたげな顔で僕を見つめている者もいる。

「皆の者、瞳に刻め。この者こそ希望の兆し。ゆえに私は今が〝機〟だと判断した」

剣帝の発言に皆は戸惑いを見せ、拍手の音が鳴《な》り止《や》んだ。

「……陛下？」

〝円卓《ラウンズ》〟ですら剣帝の心中が分かっていないらしく、聖騎士《パラディン》たちから訝《いぶか》し気な声が漏れる。

「静粛に」

しかしリンネの鋭い一言で、広間に静けさが戻った。

彼女だけは何か知っているようで、剣帝に向けて頷く。

剣帝はリンネに小さく頷き返してから、重々しく口を開いた。

「此度《こたび》の襲撃は帝都の平和を脅かし、あまつさえ魔王の侵入さえ許してしまった。しかし我々は大きな被害を出すことなく魔物の軍勢を撃退――魔王もこのラグ・ログラインが討ち取った。ならばここからは反撃の時。こちらが攻める番だ」

息を呑む気配が皆の間に広がる。けれどリンネに釘を刺されたためか、声を上げる者はいない。

――反撃？　そうか、僕をこれだけ大々的に表彰したのはこのためか……。

剣帝の意図が段々と見えてきた。正直、僕としても望む展開ではある。

「残る四体の魔王と、強大な魔物どもに支配された北の大陸——そこへ我々は三度目となる遠征を行う。それもかつてない規模で……私自らが〝円卓《ラウンズ》〟と精鋭の聖騎士《パラディン》を率い、全魔王の討伐を目指す！」

よく通る声で剣帝は宣言し、僕の肩に手を置いた。

恐らく今回の一件で急に遠征を決めたわけではないはずだ。前々から進められていた計画に〝使える〟と判断されて、僕はこんな場所に引っ張り出されたのだろう。

戦力や費用、期待できる成果などの問題で、遠征に反対する勢力もいるはず。僕はそいつらを黙らせる一手なのだ。

「敵は魔王の一体と多数の大魔《デヴォル》を失い、戦力を大きく削《そ》がれた。対するこちらは新たな英雄を擁し、〝円卓《ラウンズ》〟にも歴代最強の者たちが集っている」

そこで剣帝は僕から手を離し、ぐっと拳を握りしめた。

聖騎士《パラディン》たちがごくりと唾を呑み込み、主《あるじ》の言葉を待つ。

「今こそ我々の手で真の平和を手にする時！　奮起せよ！　これは決戦である‼」

高らかに剣帝が腕を突きあげると、広間に歓声が溢れた。

オォォォォォォォォォォォォォォッ！

ビリビリと空気が震え、床から振動が伝わってくる。剣帝の言葉に応じて、聖騎士《パラディン》たちも腕を天に突き上げた。

戸惑いや不安が興奮と期待に塗り替えられていくのを眺めながら、僕は横目ですぐ傍にある剣帝の聖霊剣《グラム》を観察する。

――北の大陸へ行けば、残りの魔王にもきっと会える。師匠の望みが終わることなら、僕はそれを完遂しよう。

ゆえに剣帝の決定に異を唱えるつもりはないし、遠征のメンバーに内定している雰囲気なのも都合がいい。ただ……。

黒炎のごとき魔力を漂わせる剣は、僕の目にはやはり酷《ひど》く禍々しく映り――この道の先行きに不吉な影を落としていた。

第二章　選抜と遠征

1

「ラグ様、お願いします！　私も一緒に連れていってください！」

剣帝から表彰を受けた翌日、僕は学院の教室でクラウに詰め寄られていた。

その原因は、校舎入り口の掲示板に貼り出されていた〝第三次北大陸遠征・募集要項〟を目にしたから。

「……うーん」

僕はすぐに答えることができず、言葉を濁す。

式典の後、剣帝は僕を連れて広場に集まっていた人々の前へ出ると、遠征の件を大々的に発表した。

それで街は大騒ぎ。そして今日になり、クラウの言っている募集のことで学院もざわついている。おかげで僕の話題は紛れて求婚に来る貴族はいなくなったけど、今度は別の問題に直面していた。

「ラグ君、クラウが行くのならあたしもついていくわよ。聖霊剣《グラム》の行使に代価があるクラウはサポートが必須だもの。それに……ラグ君のことだって、心配だし」

そこにリサまでやってくる。

「いや……けど、募集要項はちゃんと見たかい？」

僕がそう言うと、教室にいた残る一人――オリヴィアが会話に加わった。

「もちろんですわ。今回の遠征には〝円卓《ラウンズ》〟と各隊上位十名の派遣が決定済み。募集されているのはそれ以外の学院生で構成された隊を対象とした志願枠……試験を受けて選抜された〝分隊〟が遠征に加わりますの」

僕はその言葉に頷《うなず》く。

「ああ、要するにクラウたちが遠征に行くつもりなら僕ら〝ラグ分隊〟で志願しないといけないわけだけど――まさかオリヴィアも？」

彼女は大きく首を縦に振った。

「当然。武勲を立てられるこの機会を逃す手はありません。あとは……まあ、私にもあなたを守りたいという気持ちがなくもないですし。何しろ未来の夫候補ですもの。戦地で勝手に死んでもらっては困りますわ」

長い髪を手で靡《なび》かせ、オリヴィアはツンと澄ましながら言う。

その瞬間、教室の空気が凍った。少なくとも僕はそう感じた。

「……未来の、夫？」

光の消えた目で僕を見つめてくるクラウ。

「ラグ君……どういうことかしら？」

リサは頰を引き攣《ひ》らせながら、僕に詰め寄る。

「あ、いや――ほら、表彰の件で貴族から結婚とかの話が来てたのは知ってるだろ？　オリヴィアもそういう感じで……」

何故《なぜ》こんなに自分は焦っているのかと思いながら、早口で弁解しようとする。

「もしかしてオリヴィアさんと結婚するから、縁談を全部断ってたんですか⁉」

だがクラウは変な勘違いをして大声を上げた。

「ち、違う！」

慌てて否定するが、そこでまたオリヴィアが口を挟む。

「ええ、どうやら彼にはまだそういうつもりはないようですわ。ただ、いずれは私に心を奪われ、コーラル家に婿入りすることになるでしょう」

自信たっぷりに断言するオリヴィア。

「な――勝手なことを言わないでください！　ラグ様はその……私の師匠なんですから、オリヴィアさんのお婿さんになんてなりません！」

何だか混乱した様子のクラウが、声を上擦らせて反論する。

「師匠？　それがどうしたんですの？　私は誰よりも早く彼に求婚した身。それに私だけは他の貴族のように拒まれたわけではありません。すなわち婚約者と言ってもいい立場なのですわよ?」

けれどオリヴィアは一歩も引かずに言い返し、クラウと睨《にら》み合《あ》った。

「こ、婚約者……!? で、でも……でもでも——私とリサは、ラグ様に——き、キスをしてます!」

追い詰められたクラウは、とんでもないことを大声で叫ぶ。

「ちょっ……クラウ! こんなところで——」

顔を真っ赤にするリサ。

以前僕がクラウを救うと決めた時、たぶんお礼の意味を込めてだろうが——リサは僕の頬に口づけをしてくれた。そしてクラウも彼女からそれを聞いたらしく、夜のベランダで同じことをしたのだ。

「なっ……」

そこで初めてオリヴィアがたじろぎ、僕を涙目で睨む。

「ラグ……酷《ひど》いですわ。私というものがありながら……」

「って僕らはそんな関係じゃないだろ! それにクラウやリサとのことは求婚される前のことだし——」

我慢できずに僕はツッコんだ。

「つまり過去の女ということですの？　それならばまあ……」

「誰が過去の女よ！」

今度はリサがオリヴィアに喰《く》いつく。

「私とラグ様は、過去も未来もずっと誰より強い絆《きずな》で結ばれた師弟です！」

クラウも反論し、僕を囲むようにして三人はバチバチと火花を散らした。

「皆、落ち着いてくれ。そもそもこれは遠征志願の話だっただろ？　僕はやっぱり聖騎士《パラディン》になったばかりの皆が遠征に加わるのは危険すぎると思うし――それにもう参加が決まっている僕が〝ラグ分隊〟として選抜試験に出られるかも分からない」

早口で語りかけ、話を元に戻そうと試みる。


「ああ、参加資格については大丈夫だよ」


だが僕の懸念について返事をしたのはクラウたちではなかった。

見ればいつの間にか教室の入り口にスバルが立っている。

「ふふ、ラグくんはモテモテだねー。痴話《ちわ》喧嘩《げんか》が廊下まで聞こえてきていたよ」

それを聞いたクラウたちは恥ずかしそうに下を向き、おずおずと自分の席に戻って腰を下ろす。

「――大丈夫っていうのは？」

誰も発言しないので、僕がスバルに問いかける。

「選抜試験のことだよね。うん、既に遠征参加が決まっている人も分隊の一員として参加はできるよ。ただしそこで見られるのは分隊全体の実力とチームワーク。ラグくん一人で相手をやっつけても、クラウちゃんたちは不合格になっちゃうかも」

それを聞いたクラウが勢いよく手を挙げた。

「つまり、私たちが頑張らないといけないってことですね！」

「そういうこと。あとはやっぱりラグくん自身が分隊での志願を認めないとダメだけど」

スバルの言葉に、皆の視線がこちらに集中する。

北の大陸は、恐らく今の世界で最も危険な場所。学院に入学したばかりの聖騎士《パラディン》が行くようなところではないはずだ。

だが皆の表情は真剣で、決して軽々しく志願しているわけではないことが伝わってくる。

「ラグ様」

迷っているとクラウが真《ま》っ直《す》ぐに僕を見つめてきた。

「……クラウ？」

「きっとラグ様は、私たちのことを心配してくれているんですよね？　だけどもし実力が足りなければ、試験で落とされるだけだと思います。そうなったら何も文句は言いません。だから——せめて挑戦する機会をいただけませんか？」

クラウの言葉を聞いて、リサとオリヴィアも頷く。彼女たちも同じ気持ちのようだ。

確かに……皆の実力を判断するのは、僕の役割ではない。

「——わかった」

僕は自分の立場を弁《わきま》えることにして、首を縦に振る。

ただそれがどんな展開を招くことになるのか、僕には想像力が足りていなかった——。

2

その日の授業は後回しにしていた一般教養科目を一気に詰め込み、夕刻の下校時間で終了となる。

「これから遠征の準備で忙しくなるから、君たちには悪いけどまた自習が多くなる。けどその代わり、なるべく演習場をたくさん使えるように申請しておくよ。選抜試験の訓練を思う存分するといい」

スバルは最後にそう言って教室を出て行った。

そこでオリヴィアが席を立ち、僕たちを見回す。

「皆さん、私から提案がありますわ」

「何だ？」

僕が代表して問いかけると、彼女は真面目な顔で口を開いた。

「試験には分隊で挑むのですから、まずはチームワークを鍛えることが先決ですわ。互いのことを理解するためにも、試験までは可能な限り四人で行動してはどうでしょう？」

それを聞いたリサが苦笑を浮かべる。

「何かとんでもないことを言い出すかと思ったけど、かなりまともな提案ね。確かに、まずはあたしたちが仲良くなることが必要かも。さっきも——喧嘩しちゃったし」

そう言ってリサは僕の方をちらりと見た。

クラウはそこでハッとしてオリヴィアを指差す。

「そうです！　仲良くするつもりなら、ラグ様の婚約者とか……そういうことは言わないでくださいね？」

強い口調で釘《くぎ》を刺すクラウだが、オリヴィアは笑顔で言い返した。

「あら、あなたの方こそ師匠やらどうこう言って、彼を独り占めするのは止めていただけませんか？」

「師匠なのは事実ですから」

「私も既成事実のようなものですわ」

言い合う二人を見て、リサは溜息《ためいき》を吐《つ》く。

「それはまた意味が変わってくるでしょ……というかいきなり喧嘩してどうするのよ。チームワークを鍛えるんじゃないの？」

「う……そうですけど……リサはオリヴィアさんにラグ様が取られちゃってもいいんですか？」

クラウに聞き返されたリサは、困った様子で頬を掻《か》いた。

「あたしは別に――ラグ君をどうこうする立場にないっていうか……むしろ色々あって、あたしがラグ君のもの、みたいな……？」

リサは以前クラウを救うために僕へ全てを捧《ささ》げようとしたので、言っていることは間違いではない。ただその言葉はさらなる混乱を招いた。

「り、リサ？　それってどういう……」

「まさかあなた……くっ、先ほどから感じる余裕はそのせいだったのですね！」

動揺を露《あら》わにする二人を見て、リサは慌てて手を振る。

「あ、ち、違うって！　ラグ君は優しかったから……そんなことは――」

「優しくされたんですの⁉」

裏返った声を上げるオリヴィア。

「だから変な風に誤解しないでよ！」

さらに顔を火照らせてリサは叫ぶ。

いつまでも終わらぬドタバタの中、ラグ分隊の戦いは始まったのだった。


その日のタウルス寮は、やけに静かだった。

夕食時に食堂へ集まった学院生は僕ら同期四人だけ。スバルも寮に戻ってきている様子はなかった。

寮で働く数人の使用人――メイドたちは、僕らの食事を作り終えるとすぐ後片付けに入っている。

「話を聞いてきたわよ。どうも先輩方は皆、遠征の準備に駆り出されたみたい。この大陸の北限、監視塔のある辺りに物資を運んで駐屯地を作るんだって」

メイドの一人と話し込んでいたリサが、僕らのテーブルに戻ってきて言う。

「わ……遠征ってやっぱり大変なんですね。スバル隊長も忙しそうでしたし」

クラウが感心した様子で呟《つぶや》いた。

「これでもまだ準備の準備らしいわ。駐屯地ができたら今度は北の大陸に先遣隊を送って、前線基地を作るそうよ。陛下の率いる本隊が出発するのはその後。あたしたちがそれに加われるといいわね」

リサはそう言って席につく。

「もちろん、絶対に加わりますわ。そのためにも先ほどのような諍《いさか》いは止めにしませんとね」

強い口調で断言するオリヴィアに、クラウがジト目を向けた。

「それはオリヴィアさん次第だと思います」

「……何ですって？」

「何ですか？」

またしても睨み合う二人。

――これはむしろ、この場に僕がいない方がいいかもな。

話をややこしくしているのは僕のような気がする。

まずは三人で話し合ってもらうべきだと考え、僕は少しだけ残っていた料理を一気に掻き込んで、席を立った。

「ごちそうさま。じゃあ僕はお先に失礼するよ」

「え？　ラグ様、四人で行動するんじゃないんですか？」

呼び留めてきたクラウに僕は苦笑を返す。

「次は入浴の時間だろ？　僕が一緒にっていうわけにはいかない。確か今日は女子が前半の割り当てだったし、三人で先に入っておいでよ」

その言葉でクラウは顔を赤くした。

「そ、そうでしたね。お風呂はさすがに……では少し早いですが、今日はもう顔を合わせない気がしますので——おやすみなさい」

「ああ、おやすみ」

僕は軽く手を振り、食堂を出る。

自室に戻るとようやく一人になれたことに安堵《あんど》の息が漏れるが——壁に立て掛けてある〝錆びた鋼《ラスト》〟が淡く光り始めたのを見て、同居人がいたことを思い出した。

「……パパ、こんばんは」

現れたのは手の平に乗るぐらいの大きさしかない竜翼の少女。

「こんばんは、ルクス。そういえば昨日の夜は姿を見せなかったな」

彼女、聖霊のルクスは部屋で僕が一人の時はよく実体化して話しかけてくる。けれど何故か昨日は現れなかったのだ。

「うん……剣帝が持ってた聖霊剣《グラム》……今のルクスには毒だから、接続を切ってた」

少し元気がない様子でルクスは答える。

「毒？」

「そう——あれはたぶん魔神の要素が凄《すご》く濃い聖霊。その魔力がルクスに混じると、また意地悪な性格になっちゃう気がする」

自分の胸に手を当てるルクス。

大きな白竜だった時の聖霊ルクシオンは、確かにかなり意地が悪かった。

「なら、避難して正解だな。僕としてもルクスには今のままでいてほしいから。ただ――

やっぱりあれは〝そういう〟聖霊剣《グラム》だったのか」

僕も剣から漏れ出る黒炎のごとき魔力は目にしている。ルクスのおかげで裏付けがとれた形だ。

「ちなみに剣帝の横にいた聖騎士《パラディン》――リンネ・サザンクロスには何か感じたかい？」

この際なのでそれも聞いておく。

「ううん、特に。むしろ何も感じない」

「……僕と同じか」

小さく息を吐いた。

リンネとは何度か対面しているが、魔力の気配はなかった。当然ながら右目も魔眼ではなく普通の瞳。

「でも、リンネ・サザンクロスが最強の聖騎士《パラディン》だというなら……性質はどうあれ、剣帝以上の魔力を聖霊剣《グラム》から感じてもいいと思うんだけどな」

そう言って僕はベッドに仰向けでごろんと寝転がる。

ルクスはふわふわ近づいてきて、僕の胸の上にちょこんと座った。

「他の聖霊のことは、ルクスにも分からない。でも……普通なら魔力は漏れ出るはずだから、それがないとしたら……そういう能力の剣なのかも」

「どういうことだ？」

「何かを引き寄せたり、吸いこんだり、もしくは遮断する能力で……それが魔力にも影響するなら、たとえ聖霊剣《グラム》の力をずっと解放していても、外からは感じ取れない気がする」

ルクスの返答は、検討に値するものだった。

魔力が観測できないことに説明がつくし、リンネが時間停止魔術の中で平然と動いていた理由にも迫れる予感がある。

けれどまだ判断材料が足りない。

ルクスと雑談しながらしばらく考えていたけれど、何も結論は出なかった。

「………今はこれぐらいか」

頭を悩ませるのは一旦ここまでにして、僕は制服のポケットを探る。

入学から少し遅れて支給された懐中時計を取り出し時間を確認。

「そろそろか。ルクス、ちょっとごめんね」

小さな彼女の身体《からだ》をそっと両手で抱え上げ、ベッドに座らせた。

「パパ？」

どうしたのかと首を傾《かし》げるルクスに僕は言う。

「もう男子の入浴時間だし、お風呂に行ってくるよ」

「……分かった。いってらっしゃい」

まだ少し話し足りなそうだったが、ルクスは杖《つえ》の方に飛んでいって姿を消す。

僕は部屋着とタオルを持って部屋を出た。

タウルス寮の大浴場は、敷地《しきち》の裏手にある。

寮の一階に降りて、渡り廊下を通り、煙突のある四角い木造の建物に到着。

念のためもう一度時間を確かめてから中に入った。

広々とした脱衣所には誰もおらず、扉で仕切られた浴室からも音は聞こえない。

今日は本当に僕一人の貸し切りだ。

——まあこれまでも、あんまり先輩たちと被《かぶ》らないようにしてたんだけどさ。

入学前に色々あったせいでスバル以外の先輩とは未《いま》だにちゃんと話せていない。

服を手早く脱いで籠に入れ、僕は浴室に足を踏み入れる。

同時に十人入っても狭く感じないほど浴室は広く、湯船も大きい。

帝都では薬効のある粉末をお湯に混ぜる習慣があるらしく、なみなみと張られたお湯は白く濁っていた。

「今日ぐらいは自由に入ってもいいか」

普段なら体を洗ってから入るのだが、この後に風呂を使う者はいないはずなので、いきなりお湯に浸《つ》かってしまうことにする。

だが白く濁ったお湯に足をつけると、爪先に何かが当たった。

「……？」

それにお湯の中で何かがゆらゆら揺れている気がする。

濁っているのでよく分からないが、糸束のような……金色の――。

何だろうと近づこうとしたところで、脛《すね》の辺りにふにゅんと柔らかなものが触れた。

そこで突然ブクブクとお湯が泡立ち、水面が大きく盛り上がる。

「へ？」

ザバァアアンと水音を響かせ、お湯の中から何かが現れる。

いや、何かではない。誰かだ。

それは人間で、女の子で、しかも裸で――。

「ら、ラグ様⁉」

水中から飛び出してきた少女が、僕を見て裏返った声を上げた。

「クラウ⁉」

僕も思わず少女の名を叫んでしまう。

頭の中が真っ白になり、僕らは裸で見つめ合った。

濡《ぬ》れたクラウの金髪は白い肌に張り付き、水滴が、大きくて柔らかそうな膨らみをなぞって水面に落ちる。

地底湖で初めて会った時のことを思い出す。けれどあの時は下着を身に付けていた。

クラウも顔を真っ赤にして視線を彷徨《さまよ》わせていた。

ブクブクブク――。

静まり返った浴室に、泡が湧き出る音が響き始めて……気付く。クラウから少し離れた二ヵ所でも、何かが水中に揺らめいていることに。

バシャンと、またもや別の少女がお湯の中から姿を現す。

「ぷはっ！　もう限界――あれ？　クラウが先に顔を出してるなんて……ってラグ君!?」

彼女――リサは僕と目が合うと、体を硬直させた。

当然ながら彼女も生まれたままの姿。クラウほど大きくないが形のいい胸に視線が吸い寄せられる。

だが僕らが何かを言う前に、泡が湧いていた最後の一ヵ所からオリヴィアが飛び出してきた。

「――っはぁ……！　ふふん、どうやら今回は私の勝ちのようですわね。帝都の貴族を舐《な》めてもらっては……」

そこで彼女は言葉を切る。僕の姿を見つけたからだ。

しばしの静寂の後、少女たちは既に逆上《のぼ》せ気味だった顔をさらに火照らせ、勢いよくお湯の中にしゃがみ込んだ。

「きゃあっ⁉　何でラグ様がいるんですか⁉」

「そ、それは――」

クラウの問いに答えようとしたが、その前に自分も体を隠すべきだと濁ったお湯の中に飛びこんだ。

そして広い湯船の中、僕たち四人は頭だけ出して向かい合う。

「さ、最初に言っておく！　今はもう男子が大浴場を使う時間だからな！　ちゃんと時計で何度も確認したし、間違いない！」

犯罪者扱いされてはマズイと、一番重要なことを伝えた。

すると彼女たちは驚いた表情を浮かべ、顔を見合わせる。

「え……もうそんな時間だったんですか？　全然気付きませんでした」

申し訳なさそうにクラウは口元近くまでお湯に沈み込む。

「……勝負に熱中しすぎちゃったわね」

リサもバツが悪そうに視線を逸《そ》らした。

「いや、脱衣場に三人の服がないか確認しなかった僕も不注意だったけど――勝負っていったい何をしてたんだ？」

僕の問いにはオリヴィアが答える。

「今は水中でどれだけ息を止めていられるのかを競っていましたわ。私としたことが……

何たる不覚。まさか結婚前に、殿方に肌を晒《さら》してしまうなんて……」

ひどく後悔した様子で答えた彼女は、大きく息を吐いた。

――そういうことか。

「つまり、遊んでいて時間を忘れてしまったわけだね」

僕が苦笑交じりに言うと、オリヴィアは慌てて反論する。

「ち、違いますわ！　遊びではなく、これは勝負です！」

するとリサも大きく頷く。

「そうよ。オリヴィアがまた挑発するようなことを言ったから、色んな勝負をして白黒付けようって話になったわけ」

「色んな勝負ってことは、潜水以外にも何かしてたのか？」

僕の質問を受けて、クラウが口を開く。

「お湯の中で鬼ごっことか、手で水を飛ばして戦ったり……潜水は誰かが来たことにびっくりして中断しちゃいましたけど、それ以外は全部私が勝ちました！」

得意げに勝ち誇るクラウ。

「――やっぱり遊んでたんじゃないか」

だが僕がそう言うと、クラウたちは恥ずかしそうに目を伏せた。

「でもよかったよ。少しは仲良くなったみたいでさ」

皆を追及するつもりはなかったので、僕は話の流れを変える。

するとオリヴィアが躊躇《ためら》いがちに頷いた。

「そう……ですわね。三人だけで話をする機会をいただけて、よかったかもしれません。お二人が上流階級出身なのは立ち居振る舞いを見れば分かることでしたが、まさか生家を捨てて聖騎士《パラディン》になったなんて——その決意には、帝都貴族としても感心いたしました」

リサはオリヴィアの言葉に少し苦い表情を浮かべる。

「まあ……あたしは家の責務から逃げたようなものだけどね。だからこそ、聖騎士《パラディン》になっても家のために尽くそうとしているオリヴィアのことは、正直すごいと思ったわ」

クラウも首を縦に振った。

「オリヴィアさんは、私たちよりずっとたくさんのものを背負っているんだって知りました。最初はただ偉そうな人だって印象でしたけど、今は仲間として尊敬できます」

互いを褒め合った三人は視線を交わすと、照れ臭そうに笑う。

ただそこでクラウはにこやかにこう付け足した。

「でも、ラグ様のことだけは別ですけどね」

ピシリと和やかだった空気が凍る。

「……そうですわね。裸まで見られてしまった以上、私の婿になる方は彼以外に考えられません」

引《ひ》き攣《つ》った表情で頷いたオリヴィアは、すーっとお湯の中を移動して僕の傍《そば》までやってきた。

「ラグ……はしたないとは分かっていますが、あえて聞きますわ。私は……綺《き》麗《れい》でしたか？」

上気した顔で見つめられ、ごくりと息を吞《の》む。

お湯の中でオリヴィアの手が僕の体に触れた。

「そ、それは——き、綺麗だったけど」

彼女の均整の取れた体ときめ細やかな肌は目に焼き付いている。

「ありがとうございます。ほっとしましたわ。ふふ、意図せぬ事故でしたけど……これで格の違いは分かったはずですわね？」

勝ち誇った顔でクラウとリサの方を見るオリヴィア。

「な——べ、別にオリヴィアさんが一番だと言ったわけじゃないじゃないですか！　ら、ラグ様……私は綺麗じゃありませんでした？」

不安げに問いかけてくるクラウに、僕は首を横に振る。

「いや、そんなことはないって！　クラウもすごく綺麗で……」

「あの……ラグ君？　ちなみに……あたしは？」

するとリサが横から遠慮がちに僕の肩を指でつついてくる。

「り、リサ？　それはもちろん、その……綺麗だったけど……」

そう答えた僕を見て、上機嫌だったオリヴィアが眦《まなじり》を吊《つ》り上《あ》げた。

「ラグ、その言い方では序列が曖昧ですわ。いったい誰が一番ですの？」

「い、一番って――」

クラウやリサも真剣な表情で答えを待っている。

「見たのは短い間だったし……そんな誰が一番とかは……」

必死で頭を回転させてそう答えると、クラウは躊躇いがちに口を開いた。

「だ、だったら……」

けれど言葉は次第に小さくなり、彼女の顔はどんどん赤くなっていく。

「クラウ？」

少し心配になって声を掛ける。

「――だったら、ちゃんと……」

クラウは大丈夫だと首を横に振りつつ、勇気を振り絞るようにして囁《ささや》く。

「ちゃんと、見ますか？」

「へ？」

冗談かと思ったが、クラウはこれ以上ないほど真面目な顔だ。

お湯に浸かってまだあまり時間は経《た》っていないのに、頭が熱くて視界がぐるぐるしてくる。

「っ……ごめん、ちょっともう逆上《のぼ》せてきたから先にあがるよ！」

僕は大事な部分を手で隠しながら立ち上がり、急いで湯船を出た。

「あ――ラグ様！」

「というかこんなところ誰かに見られたら、後でスバルに大目玉だ。皆も男子の時間に入っていたことを見咎《みとが》められないように、早く上がった方がいい」

引き留めようとするクラウにそう言い、脱衣場に舞い戻る。

そして急いで体を拭いて、服を着て、彼女たちが出てくる前に大浴場を立ち去った。

――まさかこんなことになるなんて。

頭を振って気持ちを落ち着かせようとする。

しかし瞼《まぶた》の裏には彼女たちの裸身がくっきりと焼き付いていて――僕はその夜、なかなか眠りにつくことができなかった。

3

北大陸遠征に向けた選抜試験。

その日程が決まったのは告知から三日後。そして本番はそこからわずか四日後のことだった。

遠征の準備が本当に急ピッチで進められていることを実感する。

会場は入学式の時に模擬戦を行った学院の闘技場。

その観客席は特別に入場を許された市民たちで埋め尽くされていた。

「人がいっぱいです……」

窓から外を見て、クラウが呟く。

出番が二番目の〝ラグ分隊〟は控室ではなく、すぐリングに出られる待機所で呼ばれるのを待っていた。

「当然ですわ。何しろリンネ様が直々に志願した学院生の実力を見るんですもの。それを一般に公開することで、戦意高揚も狙っているのでしょう」

行儀よく椅子に腰かけているオリヴィアは、澄ました顔で答える。だがその声はいつもより硬い。

「……てっきり志願者同士で戦うのかと思っていたわ。そのための訓練は無駄になっちゃったわね」

心配そうなリサに、僕は首を振ってみせた。

「いや、訓練で僕らの連携はだいぶ良くなったし意味はあったよ。作戦も決めてあった通り、クラウが前衛、リサとオリヴィアが中衛、そして僕が後衛から補助する形のままでいいと思う」

この戦いでは僕以外の三人が実力を見せる必要がある。だから可能な限り僕が皆を支えるつもりでいた。

——どんな形にしても、こんなに早くリンネ・サザンクロスと戦える機会が巡ってくるとは思わなかった。この戦いで少しでも彼女のことが分かるといいんだけど。

どうして彼女が師匠とそっくりな容姿であるのかは不明のまま。魔王や聖霊の正体が分かったことで、余計に彼女の謎が深まっている。

「わ、分かりました！　私は聖霊剣《グラム》を解放せず、ラグ様に伝授していただいた剣技でリンネ様に挑みます」

クラウは緊張しながらも気迫十分な様子で頷いた。

だが彼女の言う剣技とは、実際は僕が編み出した〝刃の概念魔術〟のこと。解放前の聖霊剣《グラム》から漏れ出る微量な魔力を利用して、クラウは魔力の刃を刀身に纏《まと》わせることができるのだ。

この時代の人間は魔術を知らないのでクラウは誤解したままだが、彼女はまさしく僕の——賢者の弟子と言えた。

「クラウ、気を付けてね。あなたの剣技なら対人戦で後れを取ることはないと思ってたけど、リンネ様は話が別よ。あの方は聖霊剣《グラム》の力だけじゃなく、剣技も最強と名高いわ。しかも百年以上も腕を磨き続けているんだから」

——ん？

リサの言葉に僕は自分の耳を疑う。

「リサ……今、百年以上って言った？」

聞き間違いかと思ったが、リサはきょとんとした顔で頷いた。

「ええ、そうだけど……？」

「つまりリンネ・サザンクロスは、百年以上生きてるってこと？」

僕が重ねて問うとリサは呆《あき》れたような表情を浮かべる。

「もう、ラグ君はそんなことも知らなかったの？　リンネ様は初代ハイネル様の時代から聖騎士《パラディン》として活躍されている方なのよ？　聖霊剣《グラム》を手にした時に不老の体になられたらしいわ。そんな聖騎士《パラディン》は歴史上でリンネ様一人だけ……本当にすごいわよね」

「————」

驚きで言葉を失う。

——不老……か。

それはさすがに想定外だった。

ただ、そこで初めて帝立大図書館に行った時のことを思い出す。

僕は棚にリンネ・サザンクロスの伝記が大量に並んでいるのを見て、不思議に思ったのだ。高名な聖騎士《パラディン》とは言え、あの若さでこの量は多すぎるのではないかと。

——百年以上も聖騎士《パラディン》をやっているのなら当然か。

まさか見かけと年齢が一致しないのも師匠と同じだったとは。

僕の師匠もずっと少女のような容姿で、実年齢は分からなかった。恐らく何らかの魔術で若さを保っていたのだろう。

「つまり戦闘経験では誰もリンネ様に敵《かな》わないということですわ。恐らく私たちも含めて志願者は誰も勝つことなどできないでしょう。その中でどれだけ実力を見せられるのか——それが重要ですわね」

オリヴィアの言葉にクラウやリサは頷く。

リンネ・サザンクロスの逸話を知る者たちにとって、彼女は天上の存在のようだ。無理もないことだとは思うが、不老の件を知ったことで僕はさらにリンネへの興味を持っていた。

——不老と彼女から魔力を感じないことには何か関係があるのか？

情報を得るためにも、中途半端な戦いはしたくない。それに今のままではクラウたちの望みも叶《かな》わない恐れがある。

「僕はリンネの実力を知らないけれど、それだけ強い相手なら勝つ気でいかないと勝負にもならない気がするよ。僕らは魔王を倒しに行くんだから——これはその予行演習だと考えるべきだ」

僕の反論を受けて、オリヴィアはたじろいだ。

「う……それは確かにそうかもしれませんわね。さすがは私が認めた殿方ですわ」

リサも口元に手を当てて頷く。

「予行演習――これは複数人で強敵に立ち向かう、より実戦的な試験ってことかしら」

「私は初めから勝つつもりでしたよ！　何しろラグ様の弟子ですから！」

クラウは強気に胸を張った。

その時、会場から歓声が響いてくる。

「どうやら最初の試合が始まるようですわね」

オリヴィアもさすがに気になったらしく、席を立って窓の外を覗《のぞ》きこむ。

待機所はリングに出るための通路のすぐ脇。会場中央のリングは一段高くなっているので、少し見上げるような形だ。

既に開会の挨拶は終わっており、リング上では赤い軽鎧《けいがい》を身に付けたリンネ・サザンクロスが志願者を待ち受けている。

歓声が響く中、学院の制服を着た四人の男女がリングへと上がった。隊章には魚の図形――恐らく双魚隊《ピスケス》に所属する学院生だろう。

彼らが聖霊剣《グラム》を抜いて構えると、歓声はピタリと静まる。

「始め！」

そして進行役の合図で試合が始まった。

だがそれは――僕の想像を超えたものになる。

戦いと呼ぶにはあまりに一方的。

攻めているのは四人の学院生だけ。

リンネは一歩も動かず、全ての攻撃をその身に受ける。

ただし、全く効いていない。

聖霊剣《グラム》を解放した強力な遠距離攻撃がどれだけ叩《たた》きこまれても、リンネは剣すら抜かず涼しい表情を浮かべていた。

「君たちの力はこんなものか？」

リンネは志願者たちにそう問いかける。

どうやら彼らの実力を見極めるために動かないでいるようだが……。

――何だあれは？

未だに僕の魔眼は、リンネからの魔力を感知していない。つまり聖霊剣《グラム》を解放した時に生じる〝壁〟、魔力障壁で防いでいるわけではないということ。

――当たっているのに、届いていない……。

矛盾しているようだが、そんな風に見えてしまう。

埒《らち》が明かないと思ったのか、四人の学院生たちは遠距離攻撃を止めて、一斉に斬りかかった。

「ここまでだな」

そう呟いたリンネは、そこで初めて剣の柄に手を伸ばし――。

ドンッ!!

太刀筋は全く見えなかった。光が煌《きら》めき、轟音《ごうおん》が響いたと思った瞬間、もう四人はリングの外まで弾《はじ》き飛《と》ばされている。

「……あれを見ても勝ち目はあると思いますか?」

オリヴィアに問いかけられて、僕は苦笑を浮かべた。

「今の戦いを見られたことで、少しは勝率が上がったはずだよ」

「前向きですわね。分かりましたわ、分隊長としてのあなたを信じましょう」

笑顔を浮かべてオリヴィアは頷く。

いよいよ次が僕らの番。

案内の人が呼びに来て、僕らは待機所を後にした。

通路から外へ出ると、大波のような歓声に包み込まれる。

だがクラウたちはそれに呑まれた様子はない。

「――リサ、オリヴィアさん、絶対に合格しましょうね。ラグ様と一緒に北の大陸へ行くために」

その言葉に二人は頷く。

「当然よ。そのために頑張ってきたんだもの」

リサは強気に笑ってみせた。

「彼と共に……その一点において私たちの目的は一致していますわ。何度となく喧嘩はしましたけれど、今は心を一つにして戦えるはずです」

オリヴィアも自信のある表情で言う。

そして僕らはリンネ・サザンクロスの待つリングへと上がった。

すると入学式でも進行を務めていた学院の先輩が、大きな胸を弾ませながら僕らのことを紹介する。

「次なる志願者は、あの〝新たな英雄〟ラグ・ログラインの分隊メンバー！　彼一人を戦地へ向かわせることを良しとせず、こうして分隊として選抜試験に臨みました！　彼らの奮闘にご期待ください！」

さらなる歓声が響き渡り、空気が震えた。

僕はその中で真っ直ぐにリンネ・サザンクロスを見つめる。

「安心したぞ。今日はいい顔をしている」

リンネも僕に視線を向けて、不敵に微笑《ほほえ》む。

そういえば彼女には酷く情けないところを見られてしまっていた。

魔王を……師匠を討ち、うちひしがれていた僕を彼女は優しく抱きしめてくれたのだ。

「――あの時はありがとう。でもそれを今持ち出すなんて意地が悪いね」

苦笑しながら僕は答える。

「ふ。悪いのは弱みを見せた君の方だ。悔しければ君の――いや、君たちの強さを私に見せつけるんだな」

挑発する彼女に僕は頷き返した。

「もちろんそのつもりだよ」

クラウたちも僕の前に出て聖霊剣《グラム》を抜く。

「私たちがラグ様の足手まといではないことを示してみせます！」

リサとオリヴィアはクラウの言葉に無言で頷いた。

「いいだろう――来い」

楽しげにリンネは笑う。

僕らの準備が整ったのを見て、進行役の先輩が手を挙げた。

先ほどの試合と同様に歓声が鳴《な》り止《や》み、緊張が高まる。

「それでは……始めっ‼」

そして戦いが始まった。

「目覚めて、猛き氷狼《グラキエス》！」

「お目覚めなさい、薔薇の魚《ローゼス》！」

まずは中衛の二人が同時に聖霊剣《グラム》を解放。

リサの剣から冷気が放たれ、空気中の水分が凍結してキラキラと輝く。

オリヴィアの剣には水の蔦《つた》が巻きつき、さらに鞭《むち》のように長く伸びた。

そしてクラウも聖霊剣《グラム》を構えて短く告げる。

「彼の刃よ《エッジ・オブ・ラグ》」

それは僕が彼女に教えたおまじないの言葉。けれど実際は刃の概念魔術を発動させる女神言語《デアスペル》。

解放前の聖霊剣《グラム》から漏れ出ていた魔力が、研ぎ澄まされた刃《やいば》を形作る。

この状態であれば魔力障壁を斬ることも可能。

これでこちらの準備は整った。

リンネはその場から一歩も動かず、悠然と僕らのことを眺めている。

「リサ、オリヴィア！」

分隊長である僕の合図で、二人は左右に展開して遠距離攻撃を行う。

「やあっ！」

リサが振るった剣から、冷気が凝縮された青い刃が放たれる。

「はっ！」

オリヴィアはレイピア型の聖霊剣《グラム》を突き出し、水の茨を真っ直ぐリンネへ向けて伸ばした。

前の試合と同じくリンネは避《よ》ける素振りを見せない。

「悪くない攻撃だ」

余裕の表情で呟く彼女に攻撃は到達し——搔き消える。

やはり当たっていない。防御したというよりは、攻撃自体をなかったことにされているように見えた。

——なら、今度は魔術で試す。

視線を媒介として、指一つ動かさずに自然魔術を発動。

「風よ断て《エアブレイド》」

不可視の刃がリンネへと迫り。

ジジッ！

風の刃を形成する術式にノイズが走るのを僕の魔眼は捉えた。

そのわずかな綻びは一瞬で全体に広がり術式は崩壊。そして霧散した魔力は、リンネが鞘《さや》に納めたままの聖霊剣《グラム》に吸い込まれる。

——これは……！

リサやオリヴィアの攻撃は魔術とは違う〝理《ことわり》〟によるものなので、魔眼ではその変化を観測できなかった。けれど魔術を用いたことで攻撃無効化の過程は、しっかりと僕の瞳に刻まれている。

――侵食と改竄《かいざん》、分解、そして吸収。攻撃を変質させられているんだ。

魔術で言えば、〝奪う〟ことに特化した師匠の概念魔術に近い。けれどリンネの聖霊剣《グラム》の能力を絞り込むには、情報が足りない。

「クラウ！」

今度はクラウが僕の号令と共にリンネとの距離を詰めた。

その踏み込みは、鋭く、速く――リンネはわずかに目を見開いて、剣の柄に手を伸ばす。

ギィイイイインン‼

響き渡る甲高い金属音。

並の聖騎士《パラディン》ならこの時点で勝負はついていただろう。何しろ刃の概念魔術を発動させたクラウは、魔力の壁をも斬り裂けるのだから。

「素晴らしい」

けれどリンネは嬉《うれ》しそうな笑みを浮かべ、クラウの一撃を聖霊剣《グラム》で受け止めていた。

「……ありがとうございます」

賞賛を受けたクラウは礼を言いつつも、そこから怒濤《どとう》の攻撃を放つ。

それを受けるリンネ。

とても目では追えない。剣閃《けんせん》の残像だけが空間に刻まれ、激しい剣戟《けんげき》の音が鳴り続ける。

前の志願者は接近戦を挑んだ瞬間に敗北したので、これはクラウの剣技がリンネに通用している証明だ。

けれどリンネの顔には余裕が見える。最強の聖騎士《パラディン》という評判は伊達《だて》ではないらしい。

そして何より注目すべきことは、接近戦に対してリンネが防御行動を取ったことと、クラウの剣が纏う概念魔術はまだ維持されていること。

——無効化できるのは遠距離攻撃に対してだけなのか？　いや、まだ他にも条件はありそうだ。

「リサとオリヴィアはクラウのサポートを！」

「了解！」

「分かりましたわ！」

僕の指示に二人はすぐさま応じる。

だが横からどれだけ攻撃してもリンネは一顧だにせず、クラウとの戦いに集中していた。

僕も風による斬撃を続けるが、やはり命中前に解体されてしまう。

——魔王の時間停止魔術が効いていなかった時点で、自然属性の魔術が通じないのは予想できたことだけどね。

だとしても色々なパターンを試していくしかない。

――死角に回り込んで攻撃しても無効化される。それはつまり遠距離攻撃への対応に彼女は意識を割いておらず、ほぼ自動的な効果だということ。

少しずつ情報は集まってくる。

リサやオリヴィアも何とか意味のあるサポートを行おうと試行錯誤していた。

「攻撃が効かないなら――」

そう呟いたリサは剣を振るい、リンネの背後に氷の壁を出現させる。

「む？」

退路を塞がれたリンネは顔を顰《しか》め、一旦クラウを大きく弾き飛ばしてから邪魔な氷壁を破壊した。

「これもダメみたい……」

リサは途方に暮れた様子だったが、僕にとっては活路を開く一手だった。

「いや、今のはよかった。これまでのように攻撃そのものを消されたわけじゃない」

氷の壁が邪魔になるのなら、それが出現する前に対応すればよかったはずだ。

けれどリンネはそれをしなかった。ここから導かれる仮説は……。

「二人とも、リンネを直接狙うな。クラウが有利になるように、間接的に邪魔をするだけでいい！」

そう指示を出すと、二人は即座に攻撃方法を変更した。

リサはリングの一部を凍らせたり、オリヴィアは周囲を水の茨で覆うことで、リンネの動きを阻害する。

仮説は正しかったのか、その攻撃も消されることはなかった。

——無効化されるのは、魔力を用いた攻撃。しかもリンネに直接効果を及ぼすもの……。だからクラウの剣を対象にした概念魔術や、リングを狙ったリサとオリヴィアの攻撃は無効化されないのか？

僕らの変化に気付いたリンネは、満足げに目を細める。

「公にはしていない私の力の一端を摑《つか》んだか。いい分析力だ。それでこそだが、戦果に繫《つな》がらなければ意味はないぞ？」

そう言うとリンネは剣で氷や水の茨を薙《な》ぎ払《はら》った。

そのわずかな隙を狙ってクラウが仕掛けるが、読んでいたように躱《かわ》されてしまう。

「っ……ラグ様、やはり強いです。今の私では……まだ一歩及ばないかもしれません」

リンネの反撃を後ろに跳んで躱したクラウは、僕に向かって悔しげに告げる。

「一歩と断言できる時点で、クラウの剣技が頂点の域に達している証拠だ。そして足りないのが一歩だけなら、残りは僕らで埋めよう。そうでないと、分隊である意味がない」

僕があえて大きな声で答えると、リサとオリヴィアも頷いた。

「そうよ、何とかチャンスを作るわ」

「リサさん――奥の手、行きますわよ！」

彼女たちが構えた剣から強い魔力が放出される。

リサの剣には凍《い》てつく冷気が収束し、オリヴィアの剣を包む茨が一気に長く伸びた。

「はあっ!!」

裂帛《れっぱく》の気合と共にオリヴィアが剣を振るうと、水の茨はとぐろを巻いた大蛇のごとくリンネを内側に囲い込む。

「凍りついて!!」

さらに間髪なく放たれたリサの冷気が、オリヴィアの水を一瞬で凍りつかせた。

それによって出来上がるのは、最強の聖騎士《パラディン》を閉じ込める氷の檻《おり》。

もちろんこの程度でリンネを拘束できるとは思っていない。檻の目的は、リンネの動きと視界を一時的に制限すること。

そこから畳みかけるのは僕とクラウの役目だ。

先ほどまで近くにいたクラウは、既にリンネの背後に回り込んでいる。

僕がいる場所から、ちょうどリンネを挟んで反対側。

距離はあったが僕とクラウの視線が交わった。

『ラグ様、行きます』

そんな声が聞こえたかのよう。

僕は頷き、クラウが氷の檻に突貫するのに合わせて魔術を発動させる。

先ほどのように一歩も動くことなく、視線で狙いを定めて――。

「千風よ断て《ゲイルブレイド》」

放つのは千に及ぶ風の刃。

無効化されるのは承知の上。けれど僕の風刃が氷の檻を貫けば、リンネの注意を逸らすことができるだろう。

それに攻撃無効化の仕組み次第では、大量の風刃で処理に負荷を掛けられるかもしれない。今回、僕が果たすべき役割はあくまで指揮と補助。主役はクラウたちだ。

ザンッ――と氷の檻に斬痕が刻まれる。

その先に見えたリンネは、聖霊剣《グラム》をこちらに向けて防御の姿勢を取っていた。

そこに叩きこまれる千の刃。

それらはリンネへ届く前に掻き消されるが――。

ヒュオンッ！

鋭い音と共に、リンネの背後の氷壁を斬り裂いてクラウが檻の中へと飛び込む。

「っ⁉」

風刃に気を取られていたリンネは、わずかに対処が遅れた。

――行ける！

クラウの方が速い。先に攻撃が届く。

僕の目にはそう映った。

だがそこでリンネの持つ聖霊剣《グラム》の刀身が赤い光を放つ。

溢《あふ》れ出《で》る膨大な魔力を感知して、右の魔眼が軋《きし》む。

とっさに手にした〝錆びた鋼《ラスト》〟に魔力を流し込んだ。

この杖の機能は結界の展開。杖から光の柱が立ち昇り、結界が構築される。

僕はその結界を拡大させてリサとオリヴィアを内側に取り込んだが、そこで時間切れ。

リンネに肉薄していたクラウは赤い光に呑み込まれた。

ドンッ！

響く轟音。

赤い光が弾《はじ》け、氷の檻をバラバラに吹き飛ばす。押し寄せる爆風は結界に遮られて僕やリサたちには届かないが――。

「クラウ！」

彼女の名前を叫ぶ。けれどどうなったのか、爆煙に包まれて分からない。

――っ……やっぱり無効化だけの力じゃなかったか。

掻き消された攻撃の魔力はリンネの剣に吸収されているように見えた。ならばそれを解き放つことができてもおかしくはない。けれどこの魔力の色は……。

リンネの聖霊剣《グラム》の魔力を目にしたのはこれが初めて。

それは剣帝の時のように禍々《まがまが》しい魔神の気配を帯びてはいない。純白で清らかなルクスの——女神の気配とも違う。

だが僕はこの魔力を知っている。

——魔王の……師匠の気配⁉

彼女の聖霊剣《グラム》からは、間違いなく魔王ガンバンテインの魔力が溢れ出ていた。

——いや、落ち着け。それ自体は別におかしいことじゃない。

驚きはしたが、よく考えると当然のことではある。

リンネ・サザンクロスは魔王の一体を倒しているそうなので、剣の能力の一つが吸収ならその魔力を取り込んでいるのは自然なこと。

動揺したのは師匠そっくりの女性から、師匠の魔力を感じてしまったから。

だからといって彼女もまた魔王の分身体であるとか、そういうことにはならない。今はそれよりクラウのことだ。

僕は頭を切り替え、結界を維持しつつクラウの姿を探す。

観客も何が起こったのか分かっていないようで、闘技場は静まり返っていた。

風が吹き、煙が晴れる。

そこには聖霊剣《グラム》を手に悠然と立つリンネと、少し離れた場所で膝をつくクラウの姿があった。

「よかった……無事か」

僕はほっと息を吐く。見たところ大きな怪我《けが》は負っていない。つまり先ほどの攻撃をクラウは刃の概念魔術で〝斬った〟ということ。

そんなクラウを見下ろし、リンネは口を開いた。

「加減したが、その必要はなかったようだな。私の〝赤閃《レイ》〟を断ち斬るとは――」

そう言うリンネの腕から、手甲の一部が落下する。

それはクラウの一刀が、わずかなりともリンネの攻撃を凌駕《りょうが》した証《あかし》。

カランコロンと乾いた音が響き、ざわざわと辺りに観客の声が戻ってきた。

「君の剣は私に届いた。ラグ・ログライン一人に頼らず、分隊全員が力を合わせた結果……十分な戦果だな」

それを聞いたリサが恐る恐る問いかける。

「え？　じゃ、じゃあ……十分てことは……？」

「試験はここまで。君たちは合格だよ」

するとオリヴィアが歓声を上げた。

「や、やりましたわ！　夢じゃ……ありませんわよね！」

「ああ、君たちはラグ分隊として北の大陸へ派遣される。今喜んでいることを後悔するほど厳しい戦いになるかもしれないが――覚悟はできているか？」

リンネは頷き、重々しい声音で訊《たず》ねる。

僕らは顔を見合わせるが、各々の表情に迷いの色はない。

そしてゆっくりと立ちあがったクラウが、僕らを代表して答えた。

「はい」

歓声と拍手が沸き起こる。

クラウたちは賞賛を受けて恥ずかしそうにしていたが、リンネと観客に一礼して感謝を伝えた。

――本当に、皆と一緒に北の大陸へ行くんだな。

不安がないと言えば嘘《うそ》になるが、それはもうクラウたちの実力を危ぶんでいるからではない。

単純に何が待ち受けているか分からないという未知への恐れに、体が少し竦《すく》むだけ。

そんな場所へ仲間と共に赴けることに、僕は心強さを感じていた。

第三章　北の大陸

1

「……広いな」

あまりにも広大な青い世界を眺め、僕は溜息《ためいき》を吐《つ》く。

そこは波に揺れる帆船の甲板。

港を出て既に半刻《はんとき》が経《た》ち、前にも後ろにも陸地は見えない。青の中にある異物は、矢じりのような陣形を保ちながら進む船団だけ。

――空の他にこれほど果てしない場所があるなんて。

もちろん知識として海の存在は知っていた。けれどこのスケール感は実際に見ないと分からない。

「ラグ様は、港でも海を眺めていましたよね？」

横から声を掛けられてハッとする。

海に見惚《みと》れていたせいで傍《そば》に仲間たちがいたことを忘れていた。

「……ああ。海に来たのは初めてだったからさ。水以外は何もないのに、どうしてだかいつまでも見ていられるよ」

上半身を屈《かが》めて僕の顔を横から覗《のぞ》き込《こ》んでいるクラウに、僕は苦笑交じりに答える。

「その気持ち分かります！　私が暮らしていたのは港町でしたからね。リサと剣の訓練をしてクタクタになった後、海に沈む夕陽《ゆうひ》をぼうっと眺める時間が好きでした」

懐かしむようにクラウは呟《つぶや》いた。

それを聞いてリサが笑う。

「本当は乗馬を習う時間を剣の訓練に当てていたのよね。先生が〝必要な技術を習得したなら後は好きにしていい〟って融通を利かせてくれたから」

「そうでしたね……変わり者って言われていましたけど、私たちにはいい先生でした」

クラウは遠い故郷を想《おも》うように水平線を見つめる。

するとそこに足音を響かせてオリヴィアがやってきた。

「あなたたち、いつまでそこにいるつもりなんですの？　今日は早めに船室で休むよう言われたはずですわよ？」

「それは分かってるけど……さすがにまだ眠れそうにはなくてさ」

僕は頷《うなず》きつつも、まだ明るい空を示す。

太陽は西の水平線に近づいているが、夕方と言うにも早い時間だ。

「北の大陸に着くのは深夜――遅くとも明け方までにはというお話でしたわ。今しか時間はないのですから、無理にでも休まなければ。どうしても眠れないのなら、子守歌を歌ってあげますわよ」

オリヴィアの顔は真面目で、冗談を言っている雰囲気ではない。

「――了解。船室に行こう。でも子守歌は大丈夫だから」

そこまで言われたら仕方ないと、僕は船室へ降りる階段に足を向けた。

周りを見ると、甲板にはもう僕ら以外に学院の制服を着た者はいない。

赤い鎧《よろい》を着た兵士が、各所の警備に立っているだけだ。

彼らは剣帝直属護衛《クルス》に属する聖騎士《パラディン》たち。

つまり――船団の旗艦であるこの船には、剣帝ハイネル三世が乗っている。

そのため他の船よりも緊張感が漂っており、恐らくオリヴィアはそうした空気を読んで僕らを促したのだろう。

――スバルたちと同じ船だったらよかったんだけどな。

天牛隊《タウルス》の先輩たちは、先遣隊として一足早く北の大陸へ向かっていた。

〝ラグ分隊〟だけが別行動なのは、三人目の魔王討伐者である僕は剣帝やリンネ・サザンクロスと同じ船に乗ることが最初から決まっていたため。

およそ三週間前の選抜試験。そこで合格した僕らは綿密な遠征計画の中に組み込まれていた。

——剣帝は今回の遠征で魔王と魔物を殲滅《せんめつ》するつもりでいる。

好機であるのは確かだろう。けれどここまで急ぐことなのか……僕は少し疑問を抱いていた。

剣帝の治世は百年以上続いており、今も安定している。

この前のような襲撃は脅威だとは思うが、政権の維持という観点から考えると外敵の完全排除が適切とは言い切れない。

——それはさすがに穿《うが》ち過ぎか。

僕は頭を振り、皆と共に自分たちに宛てがわれた船室へと戻った。

左右に二段ベッドが置かれ、あとは通り道しかない狭い四人用の部屋だ。

船は本当にスペースが限られているため、男女関係なく分隊で一室という割り当て。

さらに下層の部屋はもっと窮屈らしいので、これでもマシな部屋を宛てがってもらえたのだろう。

「荷物はなるべく小さく纏《まと》めたんですが、それでもいっぱいいっぱいですね」

既に運びこんであった荷物を眺めてクラウが溜息を吐く。

荷物は二段ベッドの間にあるスペースに置いてあるのだが、それでもう余裕はなくなってしまっていた。

「では私がラグと一緒のベッドで眠るので、空いたベッドを荷物置きにしてもいいですわよ？」

　するとオリヴィアがとんでもないことを言い出す。

「な、何を言ってるんですか！　それなら私がラグ様と寝ます！」

　即座にクラウが抗議するが、それも少し焦点がズレていた。

「ちょっとクラウ、ラグ君と寝るのが前提なのはおかしいでしょ」

　リサが冷静に指摘してくれたことにホッとするが、続く言葉で安心するのは早かったことを知る。

「あたしとクラウが一緒に寝てもいいじゃない。あ……もちろんラグ君が嫌じゃなければラグ君でも構わないけど……」

　ちらりと僕を横目で見るリサ。

　このままでは話がおかしな方向に突き進んでしまうので、僕は焦りながら口を開く。

「いや、普通に一人一つベッドを使えばいいじゃないか。狭いって言っても、荷物を踏まないように気をつければ済むんだし」

「……やっぱり嫌なんだ？」

　だがリサが悲しそうな顔をするのを見て、僕は慌てて首を横に振った。

「そ、そうじゃないって。分隊長としてより効率的な判断をしただけだよ」

「そういうことなら……ラグ君の決定に従うわ」

安堵《あんど》した様子でリサは言う。

クラウとオリヴィアも納得した顔で頷いた。

「じゃあラグ様！　私、二段ベッドというのが初めてなので上を使ってもいいですか？」

クラウはワクワクした様子で梯子《はしご》のついた上のベッドを指差す。

「ああ、いいよ。じゃあ僕は下で」

「ありがとうございます。ふふ、寮の部屋と同じですね」

僕が頷くと、クラウは礼を言って微笑《ほほえ》んだ。

「……確かに言われてみると、このような寝具を使う機会はあまりありませんわね。リサ、できれば私も――」

オリヴィアはちらちらとリサを見る。

「いいわよ。好きにして。あたしは別に拘《こだわ》りないし」

呆《あき》れ混《ま》じりに頷くリサ。

そうして寝る場所も決まり、僕らは明かりを消して就寝した。

思ったよりも早く眠気がやってきて、僕はホッとする。正直、本当に眠れない気がしていたのだ。

そのまま睡魔に意識を委ね――。

ふと気付くと、辺りからは皆の寝息が聞こえていた。

たぶん、僕は眠っていたのだろう。でもあまり長く寝た気はしない。

昼寝の感覚で、早く目が覚めてしまったようだ。

目を閉じて再び眠ろうと努力するが、意識はどんどん冴《さ》えてくる。

このままではダメだと、僕は気分転換するためにそっと部屋を抜け出した。

船内の廊下は静まり返っている。

正確には船が波を立てる音や船体が軋《きし》む音が響いているのだが、それはもう慣れてしまって煩いとは感じない。

ところどころにある小さな丸い窓の向こうは真っ暗で、今は夜であることが分かる。

——こんな時間に甲板へ出たら怒られるかな。

そう考えるが、その時は謝ればいいかと軽く考えて僕は甲板に向かった。

階段を上って甲板に出ると、海風が吹きつけてくる。

昼間よりもかなり風が強くなっていた。

気温も低く、肌寒いほど。ひょっとすると時間だけでなく北の大陸に近づいた影響かもしれない。

これではあまり長居できないなと考えつつ、船首側に足を向ける。

するとそこには赤い外套《がいとう》を纏う人影があった。

あの色は恐らく剣帝直属護衛《クルス》の聖騎士《パラディン》。

見咎《みとが》められる前に離れた方がいいかと考えるが、その前にこちらを振り向かれてしまう。

「……君か。こんなところで何をしている？」

声を掛けられて気付く。

それは師匠とそっくりな声。

――リンネ・サザンクロス。

「目が覚めたから、気分転換に。あなたの方は？」

「見張りだよ。今は私が受け持つ時間だ」

「隊長自ら見張りなんて……少し意外だね」

こういうことは部下に任せることではないのかと疑問に思う。

「今が一番危険な時間でもあるからな。風が強く、船足が思っていた以上に速い。この分だと、もうすぐ北の大陸が見えてくる頃だ」

「もうそんなに……」

僕は船首の向こう――真っ暗な海に目を凝らした。

早く起き過ぎたと思ったが、意外にもちょうどいい時間だったようだ。

けれどまだ陸地の影は見えない。

「あと半刻のうち、というところだろう。大陸が見えたら物見の兵士が銅鑼《どら》を鳴らす」

リンネはマストの上を指差す。そこには見張り台があるが、暗くてここからでは分からない。あちらからも甲板の様子はよく見えないはずだ。

「……じゃあそれまで僕もここにいるよ。どうせもう眠れそうにないし」

彼女とまともに言葉を交わしたのは、選抜試験の時以来。情報を集めるためにも、この機会を逃す手はないだろう。

「構わんが、冷えるぞ？　外套はどうした？」

リンネの問いに苦笑を返す。

「部屋に忘れてきた」

気温の低い北の大陸に備えて、僕らには防寒用の外套が支給されていた。けれどそれは船室に置いてある荷物の中。

「全く……仕方がないな」

そう言って彼女は自分の外套を脱ごうとする。

「え？　いや、それはいいって！」

僕は慌てて首を横に振るが、リンネは構わず僕の肩に赤い外套を被《かぶ》せた。

「遠慮はいらん。時の流れすら侵せぬこの身には、寒さなど無意味。外套は周りに合わせて着ているだけだ」

リンネは真面目な顔で言う。

「寒さを感じないってこと？」

「それは少し違う。冷たいという感覚はあるが、それを辛《つら》くは思わないということだ。これも聖霊剣《グラム》の加護だよ」

「……まあ、そういうことなら。ありがとう」

彼女の体温と香りが残る外套に包まれると、何だか抗弁する気もなくなった。

まるで師匠に世話を焼かれているかのよう。

「でもずいぶんお節介なんだね。最初に会った時は……もっと冷たい人かと思っていたよ」

入学式で見た時の彼女は鋭く冷たい気配を纏っていた気がする。

今のように言動で師匠の面影を感じることはなかった。

「はは、正直だな。実を言えば、自分でも不思議だ。寒そうな君を見て、放っておけなくなった。何だか、前に魔王を倒した時のことを思い出す」

「魔王？」

話の繋《つな》がりが分からず、僕は彼女に訊《たず》ねる。

「——前にもこうして、自身の変化を感じたことがあるんだよ。初代剣帝様に仕えていた頃の私はもっと冷徹な……感情の起伏が少ない人間だった。思い返すと、そう感じる」

自分の胸に手を当てて、リンネは自嘲気味に笑った。

「生きるために聖騎士《パラディン》になった。それが役割だから戦っていた。正義も信念も、私の胸にはなかったんだ。けれど——北の大陸で魔王を討ち、凱旋《がいせん》した後……自宅の近くで弱っていた子猫を拾った」

「子猫……」

僕はその光景を想像する。

そういえば師匠もそうした小さな命を見捨てられない性質《たち》だった。

「ああ、本当に自分でも驚いたよ。それまでの私なら一顧だにせず通り過ぎていたはずだから。でもその日は、どうしてだか見捨てられなかった。まあ……一週間ほど看病したけれど、結局死んでしまったがね」

もうかなり昔の話だろうに、とても悲しそうに彼女は語る。その表情を見て、胸の奥がずきりと痛んだ。

「それは──残念だね」

「……その日、私は初めて泣いた。それまで仲間や部下が命を落としても涙一つ出なかったというのに。というか──我ながらずいぶん恥ずかしい話をしているな。やはり今の私はどこかおかしい」

ふと我に返った様子で、リンネは恥ずかしそうに頬を掻《か》く。

「でも、聞けてよかった気がするよ」

上手《うま》く言えないが、それが僕の正直な気持ちだった。

「弱みを知れて嬉《うれ》しいか？」

冗談っぽくリンネは問いかけてくる。

「弱みじゃなくて――それはあなたの魅力だと思うけど」

笑いながら僕は首を振った。

「む……」

すると何故《なぜ》か彼女は口を噤《つぐ》み、僕の顔をじっと見つめてくる。

「何？」

「――君と話していると、知らない感情が湧いてくる。ひょっとして君は……」

さらに彼女は僕に顔を近づけてきた。

師匠ではないと分かっているのに、その赤い瞳から目を離せない。顔が熱くなり、鼓動が速くなっているのを自覚する。

――彼女は何を言おうとしているんだ？　まさか僕の出自について勘付いたことがあるんじゃ……。

混乱している僕に、リンネは真剣な表情で問いかける。

「あの子猫の生まれ変わりかい？」

「へ？」

あまりにも予想外の質問だったので、きょとんとしてしまう。

そんな僕の反応を見て、彼女は頰を緩めた。

「冗談だ。ふふ――何だか君をからかうのは、妙に楽しいな」

「…………」

何か言い返したかったが、言葉が出てこない。

笑うリンネの顔がとても可愛《かわい》らしくて、つい見惚れてしまったから。

カンカンカンカン――。

その時、頭上から銅鑼の音が響いてきた。

「どうやら見えたらしい」

リンネはマストの上を見上げて呟く。

「じゃあ皆を起こしてきますね。その前にこれを」

僕は羽織っていた外套を脱ぎ、彼女に差し出した。

「ああ、君は部屋に戻って自分の外套を――」

リンネは外套を受け取り、僕を送り出そうとする。だがそこで緊迫した声が見張り台から降って来た。

「北大陸沿岸にて複数の爆発を確認！　前線基地が襲撃を受けている模様！」

それを聞いたリンネは外套に袖を通し、腰に佩《は》く聖霊剣《グラム》の柄に触れる。

「ずいぶんと派手な歓迎だ。いきなりの実戦だが問題ないな？」

「――もちろん」

僕は大きく頷き、皆のいる船室へと駆け出した。

2

船上から見える歪《いびつ》な水平線。

暗くてよく分からないが、それは恐らく陸地の影。

そこには松明《たいまつ》と思われる灯が規則的に並んでいるが、それ以外にも時折眩《まばゆ》い光が弾《はじ》けて消える。

恐らくは聖霊剣《グラム》の攻撃による爆発だろう。

「もう……戦いが始まってるんですね」

剣を佩き、外套を纏ったクラウが硬い声で呟く。

船内にいた聖騎士《パラディン》たちは既に全員甲板に集まっていた。

リサとオリヴィアも緊張した顔で船の行く先を見つめている。

「ああ、北大陸で前線基地を作っていた先遣隊――スバルたちが戦っているんだと思う」

僕がそう言うと、リサは不安げに呟く。

「大丈夫かしら……円卓《ラウンズ》の半数が派遣されたらしいけど、ここは敵地だし……」

「リサさん、弱気になってはいけませんわ。スバル隊長が遅れを取るとは思えませんし、仮に危機だとしても私たちが助ければいいんです」

オリヴィアはリサを励ましたが、それは自分自身にも言い聞かせているように見えた。まだ辺りは暗いため分《わ》かり辛《づら》いが、オリヴィアの顔は普段より青ざめている気がする。けれどそれを指摘するつもりはない。強がりも時には必要なことだから。

「オリヴィアの言う通りだ。今回僕らは天牛隊《タウルス》じゃなく、リンネ・サザンクロスの指揮下で〝主力〟として動く。スバルたちにしてみればこれ以上ない援軍だ。形勢は必ずこちらに傾く」

僕はあえて断言し、皆を勇気づけた。分隊長を任せられた時はどうしようかと思ったが、人を導くという意味では師匠と同じ。

師匠ならどうするかを考えれば、自分のやるべきことは見えてくる。


「飛行型の魔物がこちらへ向かってきます！」

マストの上から報告が届くと、剣帝と共に船首に立っていたリンネが口を開いた。

「迎撃班、抜剣！」

すると船の両端に並んでいた赤い鎧の聖騎士《パラディン》たちが一斉に聖霊剣《グラム》を抜き、力を解放する。

その輝きで辺りが照らされ、暗闇から迫る魔物の影が露《あら》わになった。

「放て！」

そして続くリンネの指示で、遠距離攻撃が放たれる。

聖霊剣《グラム》による攻撃は正確に魔物を撃ち落とし、船まで奴《やつ》らが到達することを許さない。

左右に展開する船団からも攻撃が行われているのが見えた。

そうして船は魔物を退けながら前に進む。

東の空が白み始め、夜明けの気配が近づく中、船は大陸の沿岸部に迫る。

前線基地のあちこちからは火の手が上がっているが、港だけは死守したのか桟橋に損傷はなかった。

船が港に着くとリンネは命じる。

「これより前線基地内に侵入した魔物を掃討する。敵が逃げるようなら深追いはせず、怪《け》我人《がにん》の救助を優先せよ！」

渡し板が桟橋に降ろされ、僕らは他の聖騎士《パラディン》たちと共に船から駆け下りた。

「皆、暗いけど絶対に逸《はぐ》れないで。四人一緒に行動しよう」

「はい！」

僕が声を掛けると、クラウたちは頷く。

基地の全体像が分からないため、状況が把握し辛い。

まずは燃えている建物の方に向かうと、早速魔物と出くわす。本土でも目にした狼《おおかみ》型の魔物――ブラックハウンド。けれど体が一回り大きい。

ただ魔術を使う魔物、大魔《デヴォル》でなければ僕らの敵ではない。

クラウが前に出て、剣を一閃《いっせん》。

魔物は首を刎《は》ねられて、ごろごろと地面に転がった。

さらに闇の中から同種の魔物が姿を見せたが、今度は僕が対応する。

「風よ断て《エアブレイド》」

縦一文字に両断された魔物が血飛沫《ちしぶき》を撒《ま》き散《ち》らしながら倒れた。

「こっちも一匹倒したわ！」

背後を任せていたリサも剣技だけで魔物を仕留めている。

「上からも来てますわよ！」

既に聖霊剣《グラム》を解放していたオリヴィアが、上空から襲ってきたワイバーンを水の蔦《つた》で薙《な》ぎ払《はら》った。

そうして基地内を進んで行くと、一際無残に破壊された区画に出る。

瓦礫《がれき》と化した物見やぐらは炎上し、周囲に何人もの聖騎士《パラディン》たちが倒れていた。

「止まって」

僕は手を挙げて、皆を制止する。

ここまで見た魔物相手なら、聖騎士《パラディン》が負けるわけはない。

つまりこの付近には、それ以上の敵がいるということ。

ドンッ!!

基地を囲む壁の向こうで爆発。

一瞬だけ辺りが明るく照らされ、闇の中で争う二つの巨大な輪郭が浮かび上がる。

それは帝都を急襲したドラゴンにも劣らぬ大きさに見えた。

「あれは……二体の魔物？」

その威容を目にしたリサが息を呑《の》む。

けれど僕は首を横に振った。魔眼に意識を集中すればそれらの正体は推測できる。

「いや、片方は恐らく具現化した聖霊だ」

それは膨大な魔力の塊。体自体が魔力で構成されているので生き物ではない。対するもう一体の影からは、魔導器官らしき気配を感じた。

「誰かが戦っているのなら、加勢に行きましょう！」

クラウの意見に僕は頷く。

「ああ。僕が先頭を行く。皆は左右と後ろの警戒を」

敷地《しきち》の外ではあるが放置はできない。

基地の壁には一部大きく破壊された箇所があり、そこを目指して走る。

壁際まで移動して外を覗こうとしたところで、ズゥウゥンと地面が揺れた。

ドンッ!!

続いて再びの爆発。

壁から顔を出すと、そこには地面に倒れながらも揉《も》み合《あ》う二つの大きな影。

どうやら一方が相手を組み伏せようとしているらしい。

上になっているのは頭が牡牛《おうし》の巨人。気配からして恐らくこちらは聖霊。

仰向けで抵抗している側が魔物のようだが、文献でも見たことのないタイプ。体は黒い獣毛で覆われ頭部も狼に近いが、その背には破れた翼がある。

「あ、スバル隊長です!」

クラウが声を上げた。

――スバル?

それで僕も遅れて気付く。巨人の肩に乗る小さな人影に。

その影は巨大な剣を振り上げながら飛び降り、魔物の頭部に刃《やいば》を突き立てる。

すると抵抗していた魔物はびくんと体を震わせて動かなくなった。

東の空が赤く染まり、辺りが光に照らされる。

ようやく夜が明けたのだ。

そこで魔物を仕留めた人影の顔も露わになった。

「本当にスバル隊長ですわ。聖霊を顕現させて戦っていたのですわね」

オリヴィアの言葉にリサは頷く。

「ええ、さすがは円卓《ラウンズ》ね。こんな大きな魔物を一人で倒すなんて」

僕らは走って彼女の元へ向かった。

魔物の額から剣を引き抜いた彼女に僕は声を掛ける。

「スバル！」

「――え？　ラグくん……それに皆も……そうか、本隊が到着したんだね」

どうやら戦闘中は僕らに気付いていなかったらしく、彼女は驚いた様子で目を見開いた。

返り血がついた顔はひどく憔悴《しょうすい》しており、いつもの余裕は見えない。

「ああ、リンネの指示で魔物の掃討をしてたんだけど……スバルが大物を倒したから、これで終わりかな」

基地のあちこちから聞こえていた戦闘音も、いつのまにか止《や》んでいる。

基地内の魔物は殲滅できたのだろう。

「……終わり？　まさか。すぐに〝次〟が来るよ」

苦笑を浮かべたスバルは剣を構える。

基地の外は広大な荒地になっており、数キロ先に岩山が聳《そび》えていた。船上から見えていた歪な輪郭。

　スバルの剣はそちらに向けられていた。だがどこにも魔物の影はない。

「あの……次ってどういうことですの？」

　オリヴィアが困惑した様子で問いかける。

「わたしたちは〝あれ〟が現れてから……もう半日近く戦い続けてる。倒しても倒しても……敵はあそこからいくらでも湧いてくる」

　岩山の方角から視線を逸《そ》らさずに言うスバル。

　ゴゴゴゴゴ――。

　地鳴りが響き始めた。そして僕の魔眼は、岩山の方に強い魔力反応を捉える。

　遠いが――とてつもなく大きい。

「どうやらまた動き出したみたいだね」

　スバルの言葉と共に変化は起こった。

　風景だと認識していた岩山が、動く。

　表面に走った亀裂が広がり、遠方からでも分かるほど大きな穴が開き――そこから無数の黒い点が湧き出してきた。

「っ……魔物の群れです！」

　先ほども一番にスバルを認識したクラウが、緊迫した声を上げる。

スバルは小さく息を吐いて頷いた。

「そう、あれは魔物の巣窟——魔王城だよ」

その言葉に僕は息を呑む。

「魔王城？　じゃあああの岩山には魔王も？」

師匠の分身がいるということなのだろうか。

だがスバルは首を横に振る。

「違う。そうじゃない。あの城が魔王なんだ。第二次遠征で確認された魔王城——そのいくつかは魔物の生産能力を有する魔王自身なのさ」

「——」

言葉を失う。

以前戦ったのが人型の魔王だったので、先入観があったのだろう。だが円卓《ラウンズ》のスバルがここまで消耗している時点で、魔王が絡んでいるのは予想すべきだった。

「先ほど……現れたと仰《おっしゃ》いましたよね？　魔王城は……動くのですか？」

オリヴィアは剣を魔物の群れに向けつつ、スバルに問う。

「ああ、だから見つけること自体が困難なんだ。今回の遠征もまず魔王城を発見できるかが勝負だと思ってたんだけど……まさか向こうから仕掛けてくるなんてね」

彼女の返事を聞きながら、僕は彼方《かなた》から迫る魔物の群れを——その向こうに聳える魔王城を見つめる。

――あれも師匠の一部なんだな。

師匠は女神と魔神を討つために、それ以上の存在……魔王に成った。師匠はその過程で最適化のために、不要な部分を切り離していったのだと僕は考えている。

――あの魔王には師匠の意識があるのか？

それが僕にとって一番重要なことだった。

しかしあれほど肥大化した魔王に、もはや言葉が届くとは思えない。

――危険だけどやるしかないか。

僕は心を決めて、一歩前に出た。

「ラグ様？」

クラウが心配そうに声を掛けてくる。たぶん僕は今、あまり頼もしくはない表情をしているのだろう。

それでも無理やり笑みを浮かべ、心配はいらないと首を横に振り――前に向き直った。

「彼の腕《アーム・オブ・リンネ》よ、心の隔てを奪え《ボーダー・スティーラー》」

魔眼で魔王城を凝視し、口の中で小さく告げる。

それは対象と精神を接続する概念魔術。

思念での会話が可能になるが、下手をすれば精神が混じり合ったり、汚染される恐れもある。

けれど他に魔王の〝心〟を確かめる手段はない。師匠にはよほどのことがない限り使うなと言われていた。

視界が暗転。

僕の意識は魔王の中へと飛びこんだ。


『師匠！　聞こえますか⁉　僕です――ラグ・ログラインです！』


何もない闇の中で声を上げる。

しかし返事はない。

こちらに逆流してくる意識も皆無。

――これは……。

あの魔王の心がこの虚無だというのなら、そこにはもう感情と呼べるものはない。

『そうか……僕の存在に気付いて、会いにきてくれたあの魔王だけがきっと――師匠の心を持っていたんですね』

七体に分かれた魔王――この時代では同列に扱われているが、恐らく完成形は一体のみ。他の六体は〝神をも超える存在〟に至る過程で切り離した〝不要な部分〟と考えるべきだろう。

僕が戦ったあの魔王が完成形かは分からないが、彼女が有していた〝要素〟を他の魔王は持っていないはず。

つまり師匠の記憶や意識、星の魔眼を持っていたのはあの魔王だけ。

岩山のごとき魔王城はもはや師匠ではなく、単なる心なき怪物。

本体から切り離されてもなお奪い続け、進化した副産物に違いない。

それを理解して、僕は精神の接続を解除する。

視界が元に戻り、彼方の岩山と辿りくる魔物の群れが瞳に映った。

「ちょっとラグ君、大丈夫なの？」

クラウと一緒にリサが僕の顔を横から覗き込んでいる。

精神を繋いでいたのはほんの一瞬だったが、心配させてしまったようだ。

「――ああ、少し心の準備をしていただけだよ」

僕はそう言って手にした杖《つえ》を構える。

「ラグくん、どうするつもりだい？」

スバルは僕の変化を感じ取ったのか、興味深そうに問いかけてきた。

「魔王を斬る」

短く答える。

あの魔王も師匠ではあるけれど、そこに心がないのなら――人間だった頃の師匠と、魔王になった師匠に託された願いを果たそう。

師匠は言った。人類にとって害になる存在になり果てていた時は、僕の手で引導を渡してくれと。

魔王は望んだ。長すぎる生を終わらせて欲しいと。

ゆえに躊躇《ためら》いはない。

魔眼を励起させ、光から魔力を体内に取り込む。

「ラグ、その瞳は……」

オリヴィアが驚きの声を漏らす。僕の右目に現れた八芒星《はちぼうせい》に驚いたのだろう。

「我が刃よ《エッジ・オブ・ラグ》、大地を断て《ガイア・スレイヤー》」

発動させるのは僕自身が編み出した刃の概念魔術。

実体はなく、現実世界に反映されるのは刃が奔《はし》り抜《ぬ》けた軌跡のみ。

ズンッ!!

重く、大地を揺るがす轟音《ごうおん》。

目の前の地面から彼方の岩山まで一直線に、鋭く、深い残痕が刻まれる。

それは天上から長さ数キロに及ぶ剣が振り下ろされたかのような光景。

こちらに向かっていた魔物の多くは大地の裂け目に呑み込まれ、そびえ立つ魔王城も縦一文字に斬り裂かれた。

「へ……?」

両断されて崩れ落ちていく魔王城を目にして、スバルは呆気《あっけ》に取られたような声を漏らす。

「す、すごいです！　ラグ様が本当に魔王を倒しちゃいました！」

歓声を上げるクラウ。

だが僕は首を横に振る。

「いや、僕は斬っただけで——たぶんまだ倒せてはいないよ」

その証拠に崩れ落ちた岩山は鳴動し、再び動き出そうとしていた。

今の一撃はあくまで魔王城の大半を占めていると思われた〝岩石〟に向けて放っただけ。

魔王という存在に直接届く刃はない。

以前のように〝全て〟を対象とする魔術で滅ぼすしかないだろう。けれどそのためには接近する必要がある。

「今のうちに近づいてトドメを……」

そう提案しようとした僕だったが、それを遮って重々しい声が響く。


「よくやった。新たなる英雄よ。その力、見せてもらったぞ」


振り返るとそこには直属護衛の聖騎士《パラディン》たちを従えた剣帝が立っていた。

スバルがハッとして姿勢を正し、クラウたちも敬礼する。

「後は私に任せておくといい」

そう言って剣帝は鞘《さや》から聖霊剣《グラム》を引き抜く。

増大する黒炎のごとき魔力に反応しそうになった右目を、僕はとっさに手で覆う。

スバルや分隊の仲間たちならまだしも、剣帝に魔眼を見られるのは避けておきたい。

「皆下がれ！　巻きこまれるぞ！」

剣帝の傍に控えていたリンネが僕らに向けて叫ぶ。

「っ……ラグくん、こっちへ。ほら、みんなも！」

スバルが僕の腕を引き、クラウたちを呼んだ。

「け、剣帝様は何をされるんですの⁉」

混乱した様子でオリヴィアが言う。

「――初代剣帝様がなされたことの再現だよ。わたしたちは幸運だ。伝説をこの目で見られるなんて……」

答えるスバルの声は弾んでいた。

それを聞いて僕は思い出す。

千年前は結界都市サロニカと呼ばれていた人類最後の砦《とりで》。だが、いつしか魔王城という名に変わったその場所は、初代剣帝の一撃で消し飛ばされたのだ。

この時代に降り立った僕が目にしたのは、何もない平原。残っていたのは地下深くにあった師匠の杖だけ。

僕は手にしていた〝錆びた鋼《ラスト》〟を握りしめながら、剣帝を見つめる。

「覚醒せよ――黒の浄王《メギド・ラケシス》！」


剣帝の声と共に聖霊剣《グラム》から黒炎が溢《あふ》れ出《だ》した。

炎は天を焦がすかのように高く立ち昇る。

先ほどスバルが倒した魔物の骸《むくろ》が、炎に触れてもないのに発火して数秒で燃え尽きた。

聖騎士《パラディン》たちから上がる歓声。

〝降炎《メギド》〟の名を冠する剣は、魔神の気配を色濃く纏っている。

剣帝は崩れ落ちた魔王城と、そこから未《いま》だに湧いてくる魔物を見据え、剣を高々と掲げた。

「浄化の炎に呑まれ、消えるがいい」

剣帝は鋭く告げて、裂帛《れっぱく》の気合と共に剣を振り下ろす。

放たれる黒炎。

扇状に広がる炎の波は、あらゆるものを呑み込みながら魔王城へ到達する。

轟音。

浄化と呼ぶにはあまりにも禍々《まがまが》しい黒い火柱が魔王城と魔物を焼き尽くす。

「っ……」

反射的に声を上げそうになり、奥歯を噛《か》みしめて堪《こら》えた。

脳裏に蘇《よみがえ》る幼い頃の記憶。

〝降炎《メギド》〟に呑まれて消えていく街と人々。炎の中で揺れる魔神の影。

その光景が重なり、体が震える。

聖霊の中に魔神の気配を感じた時とは違う。

規模こそ限定されているが、これは紛れもなくあの忌まわしい大災厄。

――恐れるな。

自分の中にこれほどの恐怖が染みついているとは思わなかった。けれど僕はそもそも〝降炎《メギド》〟を防ぐためにこの時代へ来たのだ。

師匠の杖を強く握りしめて震えを止める。

――剣帝が契約したのは、予想していた通り……限りなく魔神に近い聖霊だ。

その確信を得て、僕は黒炎の海を見渡す。

凄《すさ》まじい魔力量。しかも聖霊の力なので魔眼でも術式が読み取れない。

聖霊は、魔王に砕かれた女神と魔神の欠片《かけら》から生まれたモノ。その中でも最も攻撃的な力と意志が集まったのが〝黒の浄土〟なのかもしれない。

――だとすれば、魔王が敗れるのも当然か。

師匠の魔術は〝奪う〟ことに特化している。〝万能《ユピテル》〟へ至る秘奥を使えば、聖霊の力とて取り込めるはずだ。岩山のごときあの魔王城も、そうした魔術は使えるだろう。

けれど対象を指定できない概念魔術は効率が悪い。圧倒的な物量をぶつければ、奪われる前に押し切れる。

今、目の前で起きている光景のように。

黒炎の中に、全ては消えた。

僕が両断した魔王城も、もはや輪郭すら残っていない。

最初は歓声を上げていた聖騎士《パラディン》たちは、畏れを表情に浮かべて黙り込んでいる。

「ラグ様……何だか、怖いです。剣帝様の偉大なお力なのに……」

クラウが近づいてきて、不安げに僕の腕を摑《つか》む。

「その感覚は、たぶん正しいよ」

僕は彼女に小さな声で答える。

やがて炎が消え去ると、そこにはただ焼け焦げた大地がどこまでも広がっていた。

僕が刻んだ深い大地の亀裂からは、濛々《もうもう》と煙が立ち昇っている。

谷底へ流れ込んだ炎が、まだ燻《くすぶ》っているようだ。

剣帝は小さく息を吐き、剣を鞘へと納めた。

「リンネ」

そして短く彼女の名を呼ぶ。

「はい」

前に進み出たリンネはおもむろに抜剣し、聖霊剣《グラム》の切っ先を先ほどまで魔王城があった方向に構える。

——何をしてるんだ？

疑問に思ったが、僕の魔眼が異常な魔力の流れを感知した。

魔導器官を持つ生物や術式で規定されている魔術がその形や器を失った場合、そこに含まれていた魔力は大気中に拡散する。

今も焼失した魔王や魔物から放出されたと思われる魔力が辺りに満ちていた。

それが一方向に流れ、リンネの聖霊剣《グラム》へと吸い込まれていく。

——魔力を回収しているのか。

そうした能力があるのは、選抜試験の時に分かっている。

彼女の剣は貯《た》め込《こ》んだ力を解放することもできるようなので、ここで魔王の魔力を回収しておけばこちらの戦力は増すだろう。ただ……。

「っ……」

聖霊剣《グラム》を構えるリンネの顔は何故か苦しそうに見えた。

けれど彼女は最後まで魔力を取り込み、静かに鞘へ刃を収める。

「どうした?」

そんなリンネに、剣帝は問いかけた。

「いえ……何も」

彼女は取り繕うように首を横に振り、後ろへと下がる。

「ふむ——」

そんな彼女を剣帝はじっと見つめ、口の端を小さく歪《ゆが》めた。

ぞわりと悪寒が走る。

何だか胸騒ぎを感じる、嫌な笑み。

けれど剣帝がその表情を見せたのは本当に一瞬で、すぐに厳《いか》めしい顔を作って僕らの方に向き直る。

「今ここに四体目の魔王が滅びた！　先遣隊には少なくない被害が出たようだが、これは意味のある大きな一歩である！」

よく通る低い声で剣帝が告げると、沈黙していた聖騎士《パラディン》たちが一斉に歓声を上げた。

「……必死に戦った甲斐《かい》があるってもんだね」

スバルは疲れ果てた顔で安堵の息を吐く。

けれど僕は聖騎士《パラディン》たちの中で一人何かに耐えるように俯《うつむ》くリンネから、目を離すことができないでいた。

3

空から降る、白い粒。

風に吹かれて揺らぎ、手に触れると溶けて消える。

「雪山には一度行ったけど……降っている雪は初めてだな」

長く伸びた隊列の後方付近を歩きながら、僕は空を見上げて呟いた。

薄く雪が積もった平原を往く遠征軍。

魔王を倒した僕らは前線基地で態勢を整えた後、その日のうちに内陸側へと出立していた。

目指すは次なる魔王城だ。

「クラウが契約した聖霊に会いに行ったときのこと?」

今の独り言は誰に聞かせるつもりもなかったのだが、傍にいたリサが少し距離を詰めて問いかけてくる。

「ああ――あの聖霊の迷宮は雪山の頂上にあったからね」

最近のことなのに、すごく昔の出来事に思えてしまう。

「ラグ君は雪が降らない場所で生まれ育ったの?」

「……まあね。すごく熱い場所だったよ」

僕が暮らしていた結界都市サロニカの周囲は、〝降炎《メギド》〟の名残で灼熱《しゃくねつ》地獄。とても雪が降るような環境ではなかった。

するとそこにクラウも近づいてくる。

「何の話をしているんですか?」

「ラグ君の故郷について聞いてたの。雪が降らないところだったんだって」

リサの言葉にクラウは目を輝かせた。

「わあ、そうなんですね！　私もラグ様のこと、色々聞いてみたいです！」

そんな僕らの様子を見てか、後ろにいたオリヴィアが僕の肩を叩《たた》く。

「ちょっと、そんな話をしているのなら私を除《の》け者《もの》にしないでくださいませんか？」

「えっと……」

あまり大人数で雑談していると怒られるのではないかと僕は周囲を見回す。

後ろが騒がしいことに気付いたのか、前を歩くスバルが振り返った。

「規律に厳しいリンネや剣帝直属護衛《クルス》は先頭の方だし、大声で話さないのなら別に構わないよ。というか……わたしも黙って歩くのは退屈だし、ラグくんの昔話を聞かせてもらおうかな」

「言っておくけど――大して面白い話はできないよ」

妙に期待されているようなので、僕は釘《くぎ》を刺しておく。そもそも出自がバレるようなことは言えないので、話せることは限られる。

「面白くなくてもいいって。まあ、わたしとしてはラグくんの強さの秘密が少しでも知れたら嬉しいけどね。魔王を両断したあの一撃――聖霊剣《グラム》の力ではあるんだろうけど、わたしには君自身の力というか……技量があれを成したように思えてさ」

スバルは他の皆と同じく魔術のことを知らない。けれど僕の概念魔術を見て、何か感じたものがあるらしかった。

「ラグ様は剣の達人ですから、きっとその技術を応用したんですよね？　やっぱり修練の賜物《たまもの》なんですか？」

クラウも興味津々な様子で問いかけてくる。

「……まあ、そんな感じかな。五歳の頃から修行の毎日だったし。修行以外、何もしていないって言っていいほどだよ」

ただしそれは剣ではなく魔術の修行だけれど。

「ああ、だからちょっと世間知らずなところがあるのね」

リサが納得した様子で頷く。

「修行ということは、誰かに師事していましたの？」

オリヴィアの質問に、胸の奥がずきりと痛む。

「師匠は……いたよ」

「いた？　もしかして……」

ハッとした表情を浮かべたオリヴィアは、躊躇いがちに訊ねてきた。

「そうだね。もうあの人には、二度と会えない」

僕がこの手で彼女の長い人生を終わらせたから。

魔王はまだ三体残っているが、それらの中にきっと師匠の心はない。

「僕にできるのは、遺《のこ》された師匠の願いを叶《かな》えることだけさ」

大勢の人を笑顔にできる偉大な賢者になる。それが師匠の望んだ僕の未来。

するとクラウがじっと僕の顔を横から覗きこんでくる。

「願い……もしかして、ラグ様が聖騎士《パラディン》になったのはお師匠様と関係が？」

「うん。簡単に言えば、人助けをしろっていうのが師匠の望みだったし」

少し話し過ぎかもしれないが、今は何だか聞いてもらいたい気分だった。

魔王に成り果てた師匠のことしか知らない皆に、偉大な賢者だった彼女のことを伝えたい。

「すごく良《い》い人だったのね」

リサの相槌《あいづち》に僕は首を縦に振る。

「困っている人を放っておけない人だったよ。僕も師匠に救われた人間の一人だ。だから少しでも恩返しをしたかったし、喜ばせてあげたかった」

赤い絶望の世界で差し伸べられた手。僕に向かって微笑む顔。それをきっと、僕は一生忘れられない。

「ラグ様のそんな顔――初めて見ました」

クラウが息を呑む。

「え？　何か変な顔をしてたかな」

自覚はなかったので、僕は自分の頬を触りながら聞き返す。

「いいえ、変じゃありません。すごく温かくて、優しい顔でした。ラグ様はそのお師匠様のことがすごく大好きだったんですね」

クラウにそう言われて顔が熱くなった。

「だ、大好きというか……尊敬しているというか……」

「分かります！　だって私も同じですから」

満面の笑みでクラウに頷かれて、今度は別の意味でも赤面してしまう。

そこでクラウも自分の発言がどう受け止められたのか気付いたらしく、顔を真っ赤にした。

「あ、その……今のは――」

「ちょっと、婚約者を前にしていちゃつかないでくださる？」

そんな僕らの間に割って入るオリヴィア。

「こ、婚約者っていうのはオリヴィアさんが勝手に言ってるだけじゃないですか！」

むっとした顔になってクラウは反論する。

「またこの流れ？　二人とも飽きないわねー。ラグ君、巻きこまれないように離れていた方がいいわよ」

リサが呆れた表情で言い、横から僕の腕を引っ張った。

「どさくさに紛れて彼を持っていかないでください！」

それに気付いたオリヴィアが反対側から腕を引く。

「わわ、そんなことしたらラグ様が千切れちゃいますよ！」

慌ててクラウが二人を止めようとする。

前を歩くスバルがそんな僕らを眺めて、楽しげに笑った。

「あはは、やっぱり面白い感じになったじゃないか。ラグくんたちを見てると退屈しないよ」

長く辛い行軍もこうしていると疲れを忘れる。

師匠の話ができたせいか、心も少し軽くなった気がしていた。


その日は見晴らしのいい丘の上を夜営地に定め、分隊ごとに与えられたテントで休む。

テントは船室以上に狭く、四人で横になるともうスペースの余裕は皆無だ。

寝場所で色々と揉めた結果、僕はクラウとリサに挟まれる形で横になり、テントの屋根を見上げていた。

僕の隣だと何をするか分からないという理由で遠ざけられたオリヴィアは、リサの向こう側で拗《す》ねたように背を向けて眠っている。

クラウとリサも船旅といきなりの戦闘、敵地での行軍が応えたらしく、既に規則的な寝息を立てていた。

ただ――至近距離で女の子に挟まれている僕は、そう簡単に眠れない。

時折、寝息に混じって漏れる声。漂う甘い香り。

寝返りを打つと体のどこかしらが触れてしまい、その柔らかさに心臓が跳ねる。

しかも何故かクラウとリサは寝相を変える度に、僕の方へと体を寄せてきた。

「ラグ様……」

僕の名前を呼びながら、クラウが腕に抱き付いてくる。

「んぅ……」

リサは僕の肩に額を押しつけ、熱を帯びた息を漏らす。

服越しに感じる胸の柔らかさと体温。触れられたところから熱が伝わってくるかのように、僕の体も火照ってしまう。

――やっぱりこの場所は無理だ。

クラウとリサをくっつけて、僕は端に移動しよう。

そう考えて二人を起こさないように起き上がる。

抱きしめていた腕がなくなったせいか、クラウはリサの方にころんと寝返りを打った。

ちょうどよく端のスペースが空く。

ただ、やはりしばらくは眠れそうにない。

外の風に当たれば体の火照りも冷めるだろうと、僕は静かにテントを抜け出した。

――昨日もこんな感じだったよな。

最初はすぐ戻るつもりだったが、わずかな期待を抱いて僕は夜営地の中を歩き出す。

丘の四方は聖騎士《パラディン》の誰かが展開した障壁で囲われている。テントが並ぶ丘の上から斜面の下を眺めると、障壁の各角に松明を手にした見張りの兵士が立っていた。

――さすがに今日はいないか。

また〝あの人〟と話してみたかったけれど、そんな偶然はそうそう起こらない。

自分にそう言い聞かせてテントに戻ろうとするが、そこで夜営地の中央に設置された焚《たき》火《び》の近くに人影があることに気付く。

――まさかね。

期待はするなと自分に言い聞かせながら近づくが、橙色《だいだいいろ》の炎に照らされたその顔は
――僕が会いたかった人のものだった。

「君か……」

僕に気付いた彼女――リンネ・サザンクロスは顔を上げて微笑む。

「うん、よく会うね」

「ああ」

「また見張り？」

僕の問いに彼女は首を横に振った。

「いや、眠れなくて夜風に当たっていただけだ」

「――僕と同じだ」

少し嬉しくなって笑う。

「敵地の只中《ただなか》で緊張しているのか？」

「そういうんじゃなくて……何と言うか、僕以外の分隊員が女の子ばかりだから……」

それで僕の言いたいことは伝わったらしく、リンネは笑い声を零《こぼ》した。

「ふ――確かに分隊での作戦行動に慣れていない者にとっては、一つの試練かもしれんな」

「……未熟だって言いたげだね」

何だか弱みを見せてしまった気持ちになり、つい口を尖《とが》らせてしまう。

「そんなことはない。本来なら入学したばかりの学院生が就くはずのない任務だ。戸惑うことが多いのは当然だろう。だから……そうだな、眠れないのなら私のところへ来るか？」

「え？」

何を言われたのか、すぐには理解できなかった。

「私は個人用のテントを与えられている。それなりに広いし、元のテントよりは落ち着けるはずだ」

真面目な顔で言うリンネ。冗談という雰囲気ではない。

「い、いいの？」

「もちろんだ。君は魔王討伐に欠かせない戦力。寝不足で体調を崩されては敵《かな》わん」

リンネは頷き、付いてこいと身振りで示して歩き出す。

「…………」

僕は無言で後に続いた。

――本当に大丈夫なんだろうか。

クラウたちのテントに戻らずリンネに付いていくのは、何だか少し後ろめたい。

けれど僕の心はもっと彼女と話していたいと訴えていて、感情はそれに逆らえない。

心臓は早鐘を打ち、目は先ほどよりも冴えてしまっている。

「ここだ」

リンネは他より一回り大きなテントに僕を招き入れた。

身を屈めないといけなかった分隊のテントとは違い、立っていられるほどの広さがある。

しかも中央には簡易的だが大きなベッドが用意されていた。地面に毛皮を敷いて寝転んでいた僕らとは明らかに待遇が違う。

――まあ、最強の聖騎士《パラディン》なら当然か。

最高権力者は剣帝だが、部隊の指揮はほとんどリンネが行っている。そんな人間が他と同じ扱いでは、立場上よろしくない面もあるだろう。

「すぐに寝るか？」

テントの内部を照らすランプを指差してリンネが問いかけてきた。

「まだ……すぐには――」

僕は首を横に振る。

「では少し話をしよう」

彼女はベッドに腰を下ろし、隣に座るよう促した。

「うん……」

頷き、拳二つ分ぐらいの距離を開けてベッドに座る。

さっきから言われるがままだ。その自覚はあるのだが、逆らおうという気持ちが全く湧かない。

「あなたは――どうして眠れなかったんだい？」

ただ流されっぱなしは情けないと思い、僕の方から話題を振った。

「心が騒いで、落ち着かなくてね」

苦笑を浮かべてリンネは答える。

そこで僕は剣帝が魔王を討った後の情景を思い出す。

「魔王の力を剣に取り込んでいたみたいだけど、それと関係ある？」

「……よく見ているな」

驚いた様子でリンネは眉を動かした。

「あなたが、何だか苦しそうだったから」

「…………」

僕の言葉に彼女はしばし黙り込んだが、待っていると口を開く。

「私の聖霊剣《グラム》は、魔を斬れば斬るほど力を増す。自分が倒した相手でなくとも、その残滓《ざんし》を取り込めば力を得られる。ただ……その力があまりに強いと、使い手である私にまで影響が及ぶようでな。三度目の今回で、その確信を得た」

それを聞いてハッとする。

「もしかして、帝都で僕が倒した魔王も――」

「ああ、その残滓は私が回収した。それからだよ。胸がざわつくようになったのは。特に君を見ているとざわめきは大きくなる」

僕の顔をじっと見つめ、リンネは答えた。

――僕を見ると？　まさか師匠の……魔王の意識が影響を与えているのか？

そんな疑問が湧いてくる中、リンネは言葉を続ける。

「さっき、私が苦しそうだったと言ったな」

「……うん」

「それも――君を見たせいだよ」

苦笑を浮かべるリンネ。

「魔王を両断した後の君の表情を見て、胸が軋《きし》んだ。君がとても寂しそうで……悲しそうで、何故だか私まで泣いてしまいそうになった」

「……そうなんだ」

短く相槌を打つ。

「その気持ちは魔王の残滓を取り込むほどに大きくなってね。苦しそうに見えたのは……涙を堪えていたからさ」

そう言った彼女は、僕の頬に手を添えた。

「今は少し元気になったようだが、瞳の奥には〝痛み〟が見える。理由は分からないけれど、君は深く傷ついているんだね？」

「……どうだろう。僕は、自分がそんなに弱くはないと思いたいけど」

素直に頷いてしまいそうだったが、精一杯の強がりで苦笑を返す。

「ああ――君は強いよ。それも知っている。たぶんこれは……私が君の傷を見逃せない――それだけのことなんだろう」

リンネはどこか申し訳なさそうに笑ってから、そっと僕の頭を自分の胸元に抱き寄せた。

「あ……」

柔らかく温かで、そしてどうしようもなく優しい感触に包まれる。

帝都で魔王を倒した後も、彼女はこうして僕を抱きしめてくれた。

あの時以上に、師匠のことを重ねてしまいそうになる。でも……。

――師匠の魔力を取り込んで、その影響を受けていたとしても……リンネ・サザンクロスは師匠じゃない。

魔王の分身という可能性もないだろう。仇敵《きゅうてき》である魔王に聖霊が剣を託すはずがない。

容姿が似ているのも、魔力を取り込んだ結果だとも考えられる。

なのに――離れられなかった。

「すまない。君には必要のないことかもしれないのに。あの弱った子猫とは違うというのに……」

「いえ……」

謝罪するリンネに僕は小さく首を横に振る。

「あんな顔をさせるぐらいなら、君をもう魔王と戦わせたくはないと思ってしまう。君を連れてきたのは、私なのにな」

「大丈夫だよ、僕はやり遂げるから」

ここまで流されてしまったけれど、それだけはきっぱりと答えた。

師匠のために、僕は全ての魔王を終わらせるのだ。

「やり遂げる……か。あんな顔をしておいて、それでも……ならば私も心を強く保たねばな」

苦笑交じりの声が囁《ささや》かれる。

「けれど、今だけは〝痛み〟を忘れてほしい」

後ろ頭を指が優しく撫《な》でる感触。

「…………ありがとう」

何を言おうか迷った末に、僕は礼を口にした。

「これは、君の助けになっているか？」

「……うん」

「なら、よかった」

ホッとしたような声でリンネは言う。

そのまましばらく心地よい温《ぬく》もりに身を預けていると、彼女がポツリと呟いた。

「――次の魔王を討てば、残るは二体。それらは恐らく〝極点〟にいる」

「極点……」

クラウと最初に会った時にも聞いた気がする。そこに魔物の本拠地があるというのはこの時代の人間にとって周知の事実なのだろう。

「大昔に魔王と聖霊が戦ったとされる伝説の地だ。大いなる力が激突した余波は未《いま》だ残り、空に色鮮やかな光の帯が渦巻いている」

「……それだけ聞くと綺麗《きれい》な場所みたいだね」

僕がそう言うと、頷く気配が返ってきた。

「ああ、美しかったよ。そして恐ろしかった」

「もしかして、見たことがあるの？」

語り方からそんな雰囲気を感じて訊ねる。

「ある。第二次遠征の時だ。遠くからだが、私はそれを見た。極彩色の空の下に聳える、二つの巨大な影を」

硬い声で答えたリンネは溜息を吐いた。

「だが……当時は魔王どもの挟撃に遭い、極点まで攻め込むことはできなかった。もしも今回それを為《な》せたならば、かつてない規模の戦いとなるだろう」

そこでリンネは言葉を切り、僕の頭を撫でていた手を止める。

「傷つくな、とは言わん。だが——どうか死なないでくれ。生きていてくれれば、またこうして慰められる」

頭を強く抱きしめられた。

「……分かった」

強い決意を込めて答える。

元より死ぬつもりはない。

傷つくかどうかは分からない。

ただ、この約束はお互いに必要なものなのだと——そう感じた。

「そろそろ眠れそうか？」

「たぶん」

僕は頷く。

そうして僕らは同じベッドで眠りについた。

まるで互いに縋《すが》りつくように。

4

北大陸における魔王討伐がこれまで難航していたのは、居場所が分からないという要因が最も大きい。

初代剣帝が七星の魔王の一角を崩してから、残る魔王は警戒を強めて北の大陸に姿を隠したのだ。

感知能力に長《た》けた聖騎士《パラディン》が斥候として北の大陸へ派遣されたが、〝極点〟に魔王二体の反応がある他は調べる度に位置が変わり、実際にそこへ赴いても発見できなかったという。

「——そうなると〝極点〟から叩きたいところだけれど、北大陸の中央にあるからすごく時間が掛かって、他の魔王に挟撃される。だからまず〝移動する魔王〟を一体ずつ倒すことが必要だったんだよ」

淡々とした声で僕の隣に立つスバルが呟く。

そこは緩やかな上り坂となった山の麓。

山には雪が積もっているが、僕らがいる周辺だけは木々もなく、不自然に地面が露出している。

それは禍々しい炎が駆け抜けた名残。

「でも、第一次遠征ではどうやっても見つけられなかった。第二次遠征ではあえて〝極点〟を目指すことで複数の魔王をおびき寄せ、リンネがそのうちの一体を討ち取ったんだ。だけど被害は甚大で、当時の円卓《ラウンズ》はほぼ壊滅したらしい」

スバルの表情には、過去に思いを馳《は》せている色はない。

恐らくその第二次遠征もスバルが円卓《ラウンズ》になる前か、さらに昔の話なのだろう。それらを実体験として語れるのは、老いることのないリンネ・サザンクロスただ一人。

「たぶんこれまでの魔王たちは、連携して動いていた。それなのに今回はそんな様子が微《み》塵《じん》もない。最初に仕掛けてきた魔王も、こいつも、馬鹿正直に単独で仕掛けてきた」

露出した大地の中央、そこにこびり付いた黒い染み。

それはリンネが剣で切り刻み、剣帝が焼き払った魔王の痕跡。

今回、僕の出番はほとんどなかった。

山の向こうから現れた巨獣の姿をした魔王は、殺意を滾《たぎ》らせて一直線に遠征隊へ駆けてきたのだ。

スバルを含む円卓《ラウンズ》たちが遠距離から迎撃し、ダメージを受けて弱ったところにリンネが単身で突撃――四肢を切断して動きを完全に止め、剣帝がトドメを刺した。

ラグ分隊は、魔王と共に襲ってきた小型や中型の魔物をその後で掃討しただけ。

まさに理想的な展開。けれどそれは相手が愚直な行動しか取らなかったからでもある。

「もしかすると帝都でラグくんが倒した魔王が、司令塔の役目を果たしていたのかもしれないね。ううん、そうでも考えないとこの変化は説明がつかないよ」

「――僕もその可能性は高いと思う」

短く答える。

スバルが立てた仮説は、僕の考えとも一致していた。

すなわち師匠の心を持っていたのは、僕の元にやってきた魔王だけで、他は意志なき器にすぎないという推測。

ただ、以前の魔王たちが連携していたとなると、〝完成形が一体だけ〟というのは間違いだったかもしれない。

七つに分かれた上で、一つの意思の下で動く――それが神を滅ぼした七星の魔王の在り方だったのだろう。

ならば残りの魔王は思考能力を失った只の獣。

以前より遥《はる》かに弱体化して感じられるのも当然のこと。

「まあ、統率個体がいなくなったとしても〝極点〟では二体の魔王を同時に相手取らなきゃいけないわけだし、今回みたいにはいかないと思うけどね」

スバルは肩を竦《すく》めるが、その声は明るい。

苦戦はするかもしれないが勝てると確信している顔だ。

またもや魔王を討ち取ったことで、聖騎士《パラディン》たちの士気も上がっている。

近くにいる天牛隊《タウルス》の先輩たちは勝利の歌を歌い、クラウ、リサ、オリヴィアの三人はその輪に連れ込まれて困った顔で笑っていた。

スバルの言う通り、北の大陸で戦った巨大な〝魔王城タイプ〟の魔王なら、二体同時でも今の戦力で何とかなるかもしれない。

ただ、僕はここに来てあることが気になっていた。

――師匠は……魔王は、どうやって魔神と女神を滅ぼしたんだろう。

これまで戦った魔王は、並の聖霊を超える魔力を有していた。けれど剣帝の聖霊剣《グラム》に力負けしている時点で、神をも超える力とは言《い》い難《がた》い。

魔神の真名を知る僕であれば、概念魔術で直接魔神を斬り裂けるが――師匠は力押しで、魔神と女神を砕いたはずなのだ。

神の残滓から生まれた聖霊も、魔王に負けて三百年間も迷宮に閉じ込められている。だから聖霊の力を借りている聖騎士《パラディン》が、魔王を倒せる道理がない。

――もしくは剣帝とリンネ・サザンクロスだけが異常なのか。

そういう見方もできる。

けれど答えはまだ出ない。そして……。

「大丈夫かな……」

スバルにも聞こえない声で僕は呟く。

魔王の痕跡が刻まれた地面の上で、リンネが聖霊剣《グラム》を掲げている。

前と同じく、魔王の魔力を取り込んでいるのだろう。

また何かしらの変化が彼女の内側で起こるかもしれない。

あれほど僕を気遣ってくれるのは、師匠の魔力が影響を与えているためか。それともかつて子猫を拾った時のように、鋭敏になった感情に僕が引っかかっただけなのか。

こちらも分からないことばかり。

しばらくするとリンネは剣を鞘に納め、誰かを探すように顔を動かした。

その視線が、僕の方を向いたところで止まる。

安堵したような顔で、彼女は笑った。

「っ……」

その表情に心臓が跳ねる。

前のようにリンネは苦しそうな様子ではなかった。

それはたぶん、僕が辛い表情を見せていなかったから。見せないようにしていたから。

思い上がりかもしれないけれど、僕の直感はそう言っている。

だって今の笑い方は、あまりにも師匠と似ていた。師匠とそっくりだからこそ、考えていることが分かってしまう。

——だめだ、喜ぶな。

勘違いしてしまいそうになる自分の心を戒める。

あの人は師匠じゃない。僕に優しくしてくれるのは、師匠の魔力の影響か、一時的な気の迷い。師匠の代わりにはならないし、してはならない。

ただそれでも心の隅で期待と不安が過《よ》ぎる。

全ての魔王を倒してしまった時、あの人はどうなってしまうのか。

もっと彼女が〝師匠らしく〟なってしまった場合、僕はどうすればいいのか。

だが、分からなくても進むしかない。

長き生に飽いたと呟いた魔王。

災厄を撒き散らすその生を終わらせるために、僕は行く。

たとえその先に何が起ころうとも――。

『パパ……だめ……こわい……』

杖から微《かす》かな声が聞こえてきたのは、吹雪の中でのことだった。

北大陸において二体目の魔王を撃破してから三日。遠征軍は波のように押し寄せる魔物を討ち倒しながら、〝極点〟へと迫っている。

今は昼のはずなのに吹雪に包まれて辺りは薄暗い。人間がまともに活動できる環境ではないが、聖騎士《パラディン》が交代で空気の壁を張っているので雪が直接届くことはなく、気温も凍えるほどではなかった。

僕は今の声が周囲に聞こえていないか確認する。

近くにいるクラウ、リサ、オリヴィアは、外套で体を覆いつつ、黙々と歩を進めていた。

風の音が大きくて、すぐ前のスバルも気付いていないようだ。

「……ルクス、どうした？」

僕は声を抑えて杖に呼びかける。

遠征隊に加わってからは常に誰かが周りにいるので、ルクスはずっと姿を隠していた。

それなのに今、突然声を掛けてきたのには理由があるはずだ。

『感じる……すごくこわいものに、近づいてる』

「恐《こわ》いもの？」

『ルクスは知らない……でも、前のルクスは知ってた気がする。これは……この気配に……ルクスたちは、聖霊は……恐怖を刻みこまれた』

ルクスの声は震えている。彼女は本当に、心の底から怯《おび》えていた。

「それって魔王の気配ってことかな？　確かに僕らは残る二体の魔王へ向かっているけど、これまでも魔王には遭遇してきたはずだよ」

その時にルクスはこんな反応を見せていない。僕が帝都で魔王と戦った時のように接続を切っていたのだろうか。

『……うん、知ってる。ルクスは見てた。でも、あれはそんなにこわくなかった。この先にいるモノとは違う』

強い口調でルクスは訴える。

「じゃあ〝極点〟にいる二体の魔王は、別格ってことだね。ただ……魔力はまだ感じないけど」

僕の魔眼は魔力に対して非常に敏感だ。ルクスが感じているのは魔力ではなく、本来の意味での気配なのだろう。

『パパ……！　もうすぐ……気をつけて！』

ルクスがそう告げた時、隊列の前方からざわめきが伝わってきた。

目を凝らすと、行く手が明るい。

「ラグ様、光が見えます」

クラウが傍にやってきて、前を指差す。

「眩《まぶ》しい……よく分からないけど、止まらず進むみたいね」

リサも目を細めて呟く。

「敵襲ではなさそうですが……あ、要警戒の笛は鳴りましたわ」

オリヴィアは隊列の先頭から響いてきた甲高い笛の音を聞き、ピタリと僕の後ろについた。

皆が集まってきたことでルクスは押し黙ったが、怯えの気配は強く伝わってくる。

そのまま歩みを進めると光はどんどん近くなり、その中に足を踏み入れると――突然風の音が止んだ。

「これは――」

白き太陽が輝く青空が頭上に広がっている。

すぐ後ろには真っ白な吹雪の壁。

あまりに唐突に、不自然に、吹雪がここで途切れていた。

「ぐっ……」

そして魔眼に走る激痛。

凄まじい濃度の魔力だ。その根源は、既に見えている。

遥か彼方——恐らくまだ数十キロ以上先。

天の頂きへ届きそうなほどに枝を伸ばした赤い大樹が二本、凄まじい存在感をもって聳えていた。

あまりに大きくてスケールが摑めないが、幹は帝都がすっぽり収まってしまうほどの太さがあるかもしれない。

枝に葉はなく、捻《ね》じれて伸びる太い枝はひどく禍々《まがまが》しい。天上では色鮮やかな帯が揺らめき、凄まじい魔力が渦巻いていることが分かる。

リンネが言っていた通りの光景。

ここが——〝極点〟。

「何、あれ……」

リサが掠《かす》れた声で呟く。

すると前にいたスバルが、こちらを振り返った。

「何って決まっているだろう？　知らなくても分かる。あれが魔王だ。わたしたちが倒すべき最後の敵だよ」

「あの大樹が、魔王……」

オリヴィアがその単語を繰り返す。

「――違う」

だが僕はそこで首を横に振った。

「ラグ様？」

皆の視線が僕に集まる。

最初は僕も木だと思った。でも違う。

魔眼で改めて観察した時に、気が付いた。

「あれは腕だよ」

硬い声で断言する。

大樹ではなく、二本の腕。すなわち右腕と左腕。

周囲の魔力は渦を巻き、あの腕へ――天に伸ばされた手の平へ吸い込まれている。

その魔力流によって生じたのが、半径数十キロに及ぶ〝凪《なぎ》〟の空間。

文献でしか知らないが、台風の目という表現が適切かもしれない。きっと上空から見れば、吹《ふ》き荒《すさ》ぶ吹雪の中にぽっかりと丸い穴が開いていることだろう。

直前まで魔力を感じなかったのは、たぶんリンネの聖霊剣《グラム》と同じ理屈。

内側に魔力が吸い寄せられているため、外に魔力が漏れていなかったのだ。

「う、腕？　確かにそう見えないこともないけど……」

スバルは困惑した顔を見せる。
それも無理はない。
あの二体の魔王を腕だと断じられるのは、師匠を知る僕だけだから。
脳裏に蘇るのは、帝都で魔王が使った概念魔術の最奥。

『我が腕よ《アーム・オブ・リンネ》――全てを奪え《オール・スティーラー》』

あらゆるものを奪う〝万能《ユピテル》〟の体現。
赤い腕として具現する最強の魔術の一つ。
いいや、
それがあれだ。
まるで大樹のように見える、天へ届く赤腕。
あれは師匠の魔術を極大化し、進化させたもの。魔王に至った簒奪《さんだつ》の概念。
――師匠はあの腕で魔神と女神を砕いたんだ。
魔王がどうやって神殺しを為したのかという答えが、眼前の光景だった。
天に伸ばされた腕の先には、恐らく黒き太陽と白き太陽があったのだろう。
あの腕は神の御座を直接掴み……握り潰した。
あれほどの規模に成長させた〝万能《ユピテル》〟の概念ならば、本来なら絶対に到達しえない高みにも届きうる。

ルクスが怯えるのも仕方がない。

他の魔王と同格のわけがなかった。あれは魔王の〝武器〟であり、その力の体現。

確実に神を、聖霊を超える存在だ。

ピィ――――！

そこに響く笛の音。

「ラグ様、整列の合図です」

クラウの言葉に僕は頷く。

縦に長く伸びていた隊列を崩し、分隊ごとに決められた場所に素早く並ぶ。

整列した僕らの前に立つのは、剣帝とリンネ・サザンクロス。

「見よ――我らはついに〝極点〟へ辿《たど》り着《つ》いた」

剣帝が重々しい声で告げる。

「彼方に在る二本の大樹、あれこそが最後の魔王。だが、これまでとは違い……あまりに巨大。一息に焼き尽くさんとするならば、直接我が剣《グラム》を突き立てねばなるまい」

皆と同様にあれを大樹だと表現した剣帝は、腰の聖霊剣に触れてみせた。

「リンネ・サザンクロスもまたあれを滅ぼすために力を蓄えてきたが、それを十全に活用するにはやはり魔王へ肉薄する必要がある」

剣帝の言葉に、リンネは無言で頷いた。

魔王の力を取り込んでいたのは、この時のためだったらしい。

──剣帝もリンネも絶望していない。

あんなに巨大な魔王を目にしても、勝つ気でいる。魔王討伐を為せる確信を持っている。

概念魔術で挑むならまだしも、正直あれに聖霊が敵うとは思えない。数十キロ離れていても感じる魔力は、少なくとも聖霊ルクシオンの百倍以上。

──それでも勝てると思っているとしたら、本当にその力があるのなら、この二人はいったい〝何〟なんだ？

僕の疑問が膨らむ中、剣帝は力強く告げる。

「ゆえに諸君らの役目は、我ら二人を魔王の元まで辿り着かせることだ。あえて言う、その身を盾とし、命を捧《ささ》げ、道を拓《ひら》け！」

拳を握りしめて言葉を続ける剣帝。

「これは世界に真の平和をもたらす決戦である！　たとえ命を散らしたとしても、それは無駄にはならん。無駄にはさせん。我らが必ずや魔王を討ち果たすからだ！」

彼の力強い声が響き渡ると、聖騎士《パラディン》が鬨の声《ときのこえ》を上げる。

円卓《ラウンズ》として天牛隊《タウルス》の先頭に立つスバルも拳を高く掲げていた。

そこでリンネが一歩前に出る。

「では――具体的な作戦内容を説明する。私たちはこのまま〝極点〟中心部に屹立《きつりつ》する魔王の元へ向かうが、接近すれば激しい攻撃が降り注ぎ、魔物や大魔《デヴォル》も多数襲ってくるはずだ。よって防壁班と迎撃班に分かれ、随時対処しながら先へ進む」

　硬く険しい表情でリンネは僕らを見回した。一瞬だけ僕のところで視線が止まったが、何か迷いを振り切るようにして口を開く。

「剣帝様が仰られたように、犠牲は顧みない。動けなくなった者は置いて行く。仲間の屍《しかばね》を踏み越えてでも前進せよ。そして大樹に接近した後は二手に分かれて、私と剣帝様が同時に二体の魔王を討つ。その時に生き残っていた者が、私たちの盾になれ」

　そこでリンネは再び僕の方を見た。

「新たなる英雄、ラグ・ログライン。君の分隊は私と共に来い。不測の事態が起こるとしたら私の方だが、君がいれば万が一の失敗もなくなるはずだ」

「――分かった」

　彼女と目を合わせて、深く頷く。

　どういうつもりで彼女が僕を指名したのかは分からない。でも近くにいられるのなら、それに越したことはなかった。

「ラグ様……」

　クラウが後ろから不安そうに僕の服を摘まむ。

「大丈夫だよ。誰も死なせないから」

小さな声で僕はクラウに囁いた。

剣帝は犠牲を厭《いと》わないと言っていたが、僕にも事情がある。

僕は、大勢の人を笑顔にできる偉大な賢者になるのだから。

「はいっ」

安堵したように頷くクラウ。

難しい課題かもしれないが、やり遂げて見せよう。

師匠として——弟子の前では失敗など見せられない。

5

それはあまりにも長く、遅々とした行軍だった。

〝極点〟の中心を目指し、もう数刻。太陽は沈み、空には星が瞬《またた》く。

けれど未だ魔王は遠い。

闇の中にぼうっと浮かび上がって見える赤い巨腕の輪郭。どれだけ足を動かしても近づいた気がしなかった。

僕一人なら飛行や転移の魔術で一気に近づけるが、それでは二体の魔王を同時に相手取ることになる。

剣帝やリンネには謎が多いものの、彼らと共に戦わなければ勝利は難しいだろう。ちなみにリンネは魔術を無効化してしまうため、闇に紛れて遠征軍ごと転移させるという手も使えない。

その時、魔王を包む赤い光がその輝きを増す。

「来るぞ！　防壁展開！」

リンネの声が響き、前方の聖騎士《パラディン》たちが聖霊剣《グラム》を解放した。

風、水、電磁波、力場――様々な属性の防壁が何重にも遠征軍を包み込む。

そこに魔王から放たれた赤い光が、雨のごとく降り注いだ。

ドゴゴゴゴゴゴ――――！

重なる轟音。

爆発光に照らされて、僕の周りにいるクラウ、リサ、オリヴィアの姿が浮かび上がる。

皆、疲労が色濃い顔で不安そうに防壁を見上げていた。

「心配しなくていい。まだ防壁は破れない」

僕は皆を安心させるためにきっぱりと告げる。

魔王の感知圏内に入ったのか、半刻ほど前から断続的に魔力弾が飛んできていた。

一つでも直撃すれば遠征隊は壊滅するだろうが、今のところは防壁で凌《しの》ぎながら前進を続けている。

「はい……でも、たぶんまた一人……」

クラウは頷きつつも、前方に視線を向けた。

すると隊列が何かを避《よ》けるように、縦に割れる。そこいるのは、膝を突いて動けない聖騎士《パラディン》。

「先に行け……先へ――」

荒い呼吸の合間に、その聖騎士《パラディン》は掠れた声でそう繰り返す。

「っ……彼は防壁の維持で力を使い果たしたんですわね」

オリヴィアは硬い声で呟く。

そう、先ほどからポツポツと脱落者が出始めていた。

けれど動けなくなった者が出ても、剣帝が命じた通りに隊列は足を止めない。この防壁班の聖騎士《パラディン》も、ここへ置いていかれるのだ。

「ラグ君――」

リサが縋るような眼で僕を見る。

「うん、分かってる」

僕は頷き、彼に〝錆びた鋼《ラスト》〟を向けた。

これは聖霊剣《グラム》ではなく師匠の魔導具。その機能は結界の展開。

膝を突いた聖騎士《パラディン》の体を、淡い光の壁が包み込む。

「これで大丈夫だ。魔物に襲われたり、凍えて死ぬことはない」

僕がそう言うと、クラウたちはホッとした表情を浮かべた。

今まで脱落した聖騎士《パラディン》たちにも同じ処置を施してある。帰還時に拾っていけば、彼らも生還できるはずだ。

前にいたスバルが僕らを振り返って微笑む。

「ラグくん、ありがとう。今のは天牛隊《タウルス》から剣帝直属護衛《クルス》に抜擢《ばってき》された子だったんだ。でもこれで君が消耗していくようなら、わたしは止めるからね」

「全然平気さ。この程度なら力を使ったうちに入らない」

救助に力を割くことは、剣帝の命令に反する。だからそもそも力を使っていないのだと僕は主張しておいた。

事実、魔力は魔眼から無尽蔵に供給される。まあ魔術や魔導具を使う際には集中が必要なので、いずれは体力が先に尽きるだろうが。

「頼もしい限りだね。けど、魔王との決戦でもしもわたしがピンチになっても、君は魔王を倒すことを優先しなきゃいけないよ」

真面目な声でスバルは僕に釘を刺す。

「……スバルは死ぬのが怖くないのかい？」

「もちろん怖いさ。だけど、わたしはこの時のために聖騎士《パラディン》になったんだ。魔物を生み続ける魔王がいなくなれば、駐留する聖騎士《パラディン》の少ない辺境も少しは安全になる。その〝少し〟がわたしにとっては何より大事なんだよ」

僕の問いに頷いたスバルだったが、表情には全く怖《おそ》れを浮かべずに言う。

「辺境の安全……」

この時代の人間ではない僕は、そうした事情をよく知らない。

未だに爆発光が頭上で弾ける中、スバルは僕の表情を見て笑う。

「わたしが生まれ育った辺境の村はね、魔物に襲われて壊滅したのさ。まあよくある話ではあるけれど……それを〝そんなもの〟だと受け入れるかは別の話。わたしは人が死ぬのが当たり前な辺境の現実を認めない。絶対に変えてやるんだ」

彼女の瞳に浮かぶのは、揺るぎない決意の光。

スバルが何故円卓《ラウンズ》の一員となるまで強くなったのか、その理由が少しだけ分かった気がした。

「だから自分の命より魔王を――か」

「うん、そういうこと。頼んだよ、ラグくん」

死を覚悟した顔でスバルは告げる。

「…………」

僕は何も答えなかった。
ここで否定しても、スバルは決して譲らないだろうから。でも……。
──死なせないから。
胸の内で決意を固める。
こういう人だからこそ、絶対に死なせてはならない。
誰かを助けるために聖騎士《パラディン》になったクラウと同じだ。
僕はそんな人間が──師匠みたいな人が、報われるべきだと思っている。
スバルが前に向き直ると、トントンと横から肩を指で叩かれた。
そちらを見ると、クラウが握りこぶしを作って笑っている。
『私も同じ気持ちです。スバル隊長は死なせません！』
そう言われた気がした。
きっとクラウは、僕の沈黙を見て何を考えているのか勘付いたに違いない。
もし何故分かったのかと問えば、〝いつも見てますから〟と彼女は答える気がする。
──僕もクラウのことがよく分かってるじゃないか。
それに気付いて苦笑する。
たぶん師匠と弟子というのは、そういうものなのだろう。

グォォォォォォォン！

空を覆うは、咆哮《ほうこう》するドラゴンの群れ。

ゴゴゴゴゴゴ――――！

地を鳴動させるのは、津波のごとく押し寄せてくる無数の魔物たち。

そしてその向こうに聳えるは、天へ伸ばされた二本の赤腕。

夜通し進軍を続けた遠征軍は、太陽が昇る頃――ようやく〝極点〟の中心部に到達した。

接近したことで魔王からの遠距離攻撃は止んだが、代わりに腕の中から湧き出した魔物たちが僕らの行く手を阻んでいる。

残った聖騎士《パラディン》は最初の半分以下。しかも誰もが疲労困憊《ひろうこんぱい》。

けれど、止まらない。止まれるわけがない。

「総員、突撃!!」

リンネ・サザンクロスの号令で、僕らは二手に分かれて突貫する。

剣帝と共に往くのは、リンネ以外の剣帝直属護衛《クルス》と円卓《ラウンズ》の半数。

ラグ分隊を含む残りの者たちは、先陣を切るリンネに続く。スバルもこちら側だ。

どちらもおよそ三十名前後の決戦部隊。

「あとは魔王に肉薄するのみ！　残った力はここで全て使い切れ!!」

リンネの言葉に応じて、皆は聖霊剣《グラム》の力を解き放つ。

「目覚めて、猛き氷狼《グラキエス》！」

リサが聖霊剣《グラム》から放った冷気で、迫る魔物を凍りつかせた。

「目覚めなさい、薔薇の魚《ローゼス》‼」

オリヴィアも水の鞭《むち》で空から襲ってきた魔物を薙ぎ払う。

「ラグ様――私は眠ってしまうので聖霊剣《グラム》を解放できませんが、伝授していただいた剣技で近づく者は全て斬り伏せます。ラグ様は攻撃に集中してください」

クラウは近づいてきた小型の魔物を狩りつつ僕に言う。

「ああ、任せた」

「はい！」

僕の言葉にクラウは嬉しそうに頷いた。

そして少し前を走っていたスバルは、円卓《ラウンズ》たる力を皆に示す。

「雷蹄の牡牛《ヴォルタロス》――顕現《ゲネシス》！」

走りながら彼女が大剣を掲げると、雷のごとき魔力が迸《ほとばし》り――それを媒介として牡牛の頭を持つ巨人が具現する。

北大陸に着いた直後にも見たスバルの聖霊だ。

聖霊が蹄を振り下ろすと電撃が迸り、前方の魔物が一気に消し飛ばされる。

——これが本気のスバル・プレアデスか。

負けてはいられないと、僕も空から〝竜咆《ドラグナー》〟を放とうとしていたドラゴンの群れに杖を翳《かざ》す。


「我が刃よ《エッジ・オブ・ラグ》、竜を断て《ドラゴン・スレイヤー》」


一閃。

竜という属性を標的とした概念の刃が奔り抜け、僕の視界に——魔眼に映っていた全てのドラゴンが体を両断されて地に堕《お》ちる。

突破口が開け、僕らはいよいよ赤い腕の根本に——魔王の間近に迫った。

もはや巨大という言葉では足りない存在感。

魔王の赤い表皮は視界を占領し、壁のごとく聳えている。

今いる場所からだと〝手の平〟がある頂上はあまりに遠い。それこそ天上までこの腕は届いているのではないかと錯覚しそうだ。

この大きさなのでもう一本の腕との距離もかなりある。剣帝側の部隊が戦っている様子は遠くに小さく見える程度。

そして距離的には縮まった僕らと魔王の間には、一つ大きな隔たりがあった。

魔物を薙ぎ払った際の攻撃の余波が、魔王に飛んで行く。けれどそれは本体に命中する前に、何かに遮られて弾き散らされた。

魔眼でならはっきりと見える。あれは魔王の魔力障壁。

「まずは魔王の周囲に展開されている〝壁〟を壊す！　攻撃を前方の一点に集中させろ！」

リンネの声が響き渡り、総攻撃《ラウンズ》が始まった。

少し離れた場所で他の円卓たちも聖霊の影を顕現させ、魔力障壁に攻撃を放つ。

あの壁は女神言語《デアスペル》で規定されない魔王の障壁。壊すには僕も力押しになる。

――ここはスバルたちに任せた方がいいな。

膨大な魔力に触れて熱を持った右の魔眼を、僕は手で押さえた。

瞳には既に八芒刻印《ソル》が浮かび、光を介して周囲の魔力を体内に取り込んでいる。

魔眼を持つ僕の魔力は無尽蔵。けれど一度に取り込める量には限界があるし、たくさんの魔力を体に留《とど》めると負荷が掛かる。

よって魔術に使う魔力は、発動の直前に確保しなければならない。

ここで多量の魔力を使えば再充塡が間に合わず、魔王本体に全力の一撃を放てなくなる可能性が高かった。

「いっけぇぇぇっ‼」

スバルが己の聖霊と共に、壁に直接攻撃を叩きこむ。

魔力障壁は軋みを上げて明滅するが、砕くには至らない。

けれどそこに他の聖霊も次々と突貫し、さらにはリンネが大きな羊型の聖霊の体を駆け登って、高く跳躍した。

彼女が振りかざした聖霊剣《グラム》の刀身が赤く輝く。

「赤閃《レイ》」

それは選抜試験でも見せたリンネの技。

赤き光の斬撃が、皆の総攻撃で削られた魔力障壁を縦一文字に斬り裂いた。

分厚く固い壁に穴が開く。

突破口を開いたリンネを先頭に、僕らは魔力障壁の内側へと雪崩込んだ。

その時――魔王の体が不気味に赤黒く発光する。

ぞわりと背筋に悪寒が走った。

この魔王は、万物を奪い取る概念魔術を核にした存在。

ゆえに予想していなかったわけじゃない。けれどその力と規模は、対応する暇も与えないほど圧倒的なものだった。

顕現したまま魔力障壁内に踏み入った聖霊の輪郭が崩れ、弾けるように消失する。

「っ——わたしの聖霊が⁉」

驚きの声を上げるスバル。

他の円卓《ラウンズ》や聖騎士《パラディン》たちもどよめいて足を止めた。

さらに力を解放していた聖霊剣《グラム》からも光が消える。

リサが剣に纏わせていた冷気も、オリヴィアの水の鞭も、唐突になくなってしまう。

「な、何が起こってるんですか⁉」

クラウは混乱した様子で辺りを見回していた。

「魔王に……力を奪われたんだ」

僕は痛む右目を押さえながら言う。

魔力を取り込む機能を持つ魔眼からも、逆に魔力が徐々に吸い出されていく。手で押さえていないと、魔眼ごと持っていかれてしまいそうだ。

——まさか、ここまでの……！

魔術とは違う〝理〟で成り立つ聖霊から、有無を言わさず魔力を奪い取って、顕現を強制解除してしまった。

聖騎士《パラディン》たちが魔力障壁を突破した時とは反対の状況。

これは魔王による力押し。

それが成り立つほど、魔王と僕らにはどうしようもない力の差があった。

この領域内では魔術を発動するのも困難だ。術式を組み上げる前に魔力を奪い取られてしまう。

「こ、こんなのどうしろって言うの？」

「戦いようがありませんわ！」

リサとオリヴィアが剣を握りしめたまま戸惑いの声を上げる。


「たじろぐな！」


けれどリンネの一声で皆のどよめきは収まった。

「これが魔王の力だというのなら、我が剣の糧とした同質の力をもって――道を切り拓く!!」

リンネが剣を掲げると、刀身から放たれた赤い光が太陽のように辺りを照らす。

すると魔眼から痛みが消えた。

魔力の流れが変わっている。

上空――魔王の手の平に向けて魔力を吸い上げようとする力が感じられなくなっていた。

リンネの光は遠くに見えるもう一体の魔王にも届いているらしく、〝極点〟全体の渦巻く魔力の流れまでぴたりと止まっている。

「魔王の力を中和したのか……？」

僕は驚きに息を呑む。

確かに同質の力なら可能かもしれない。

けれどこれまで倒した魔王を全て合わせても、恐らくこの〝両腕〟の魔力量には及ばないだろう。

同質であっても同等以上でなければ、やはり力押しで負けてしまうはず。

——ならこれは中和じゃなく侵食だ。

選抜試験で魔術を無効化された時と同じ。

リンネは魔王が展開する簒奪の力を部分的に乗っ取り、不具合を起こさせたのだろう。

「まだ力が残っている者は私に続け！」

輝く剣を手に、リンネは駆ける。

「雷蹄の牡牛《ヴォルタロス》、顕現《ゲネシス》！」

魔力を奪い尽くされて聖霊剣《グラム》を解放できない者もいたが、スバルは力を振り絞って再び聖霊の影を召喚して後に続く。

——皆は……。

振り返るとリサとオリヴィアも再度聖霊剣《グラム》を解放していた。

「ラグ君、もちろんあたしたちも行くわよ」

「ここまで来て、置いていかれたら堪《たま》りませんわ」

クラウも剣に魔力の刃を纏わせて頷く。

「行きましょう、ラグ様！」

「ああ！」

僕は頷き、皆と共に走り出す。

ヴォォォォォォォォォォォ――――！

魔王から不気味な音が響いてきた。

赤い表皮のあちこちに穴が開き、その内側に赤い光が瞬く。

「攻撃、来るぞ！」

リンネの声と共に聖騎士《パラディン》の何人かが前に出て防壁を展開した。

直後、魔王から雨のように魔力弾が放たれる。

吸収能力を無効化されたため、単純な攻撃に切り替えたようだ。

防壁は数発の攻撃で砕け散るが、すかさず別の聖騎士《パラディン》が新たな防壁を張る。

既に残り少なかった聖騎士《パラディン》たちが次々と脱落していく。

僕は力を使い果たした者に結界を張りつつ、分隊の皆とリンネの背中を追いかけた。

進む、進む、進む――――。

誰かの献身を頼りに、死地を往く。

僕らがさらに接近すると魔王の表皮が裂け、数えきれない触手が殺到してきた。

心が欠けた魔王には、恐らく思考能力はほとんどないはずだ。これは本能的な防衛行動だろう。

「往生際が悪いですわね！」

オリヴィアが水の鞭で触手を纏めて縛り上げる。

「凍りつけ！」

リサがそれを一息に凍結させた。

「ラグ様には触れさせません！」

クラウは僕に近づいてきた触手を神速の剣で斬り払う。

――もうすぐだ。

僕は〝その時〟のために魔力を練り上げ、己の内にある刃をこれ以上ないほどに研ぎ澄ました。

防壁班は全員が倒れ、円卓《ラウンズ》がその身をリンネの盾とする。

けれど魔王の攻撃は激しく、顕現した聖霊も一体、また一体と砕かれていく。

ただそれでも足を止めず、僕らはついに魔王へと肉薄した。

先行するリンネの傍に残ったのは、もはやスバルただ一人。

「リンネ、行って‼」

恐らく最後の力を振り絞った一撃で前方の触手を全て焼き払うと、スバルはリンネの背を押し――その場に倒れ伏した。

彼女の聖霊も電光を残して消える。

「っ……すまない！」

リンネは頷き、前へ進む。

これはそういう戦いだから。無防備になったスバルが命を落としても、リンネが魔王を倒せば目的は果たされる。だが――。

「スバル隊長！」

動けないスバルに放たれた魔力弾を、クラウが概念魔術の刃を纏わせた剣で両断した。

「はあっ！」

「こちらは任せてくださいませ！」

横手から伸びてきた触手はリサとオリヴィアが処理する。

「君たち――わたしの命より魔王の討伐を優先しろって言ったじゃないか」

「スバルを助けて魔王も倒せば問題ないはずだよ」

僕は笑って答えると、魔王の方を見る。

リンネは今まさに魔王へ剣を振るおうとしていた。

彼女の掲げた聖霊剣《グラム》はかつてないほど輝き、その光は天を衝《つ》くほどに高く伸びる。

「赫輝一閃《マグナ・レイ》」

きっとそれは最強の聖騎士《パラディン》、リンネ・サザンクロスの全身全霊を込めた一刀。

左斜め上から振り下ろされた刃は、とてつもなく巨大な魔王の赤腕に深く食い込んだ。

魔王の全身に亀裂が走り、内側から赤い光が迸る。

ヴォオオオオオオン！

響き渡る音は巨軀《きょく》の軋みか、それとも魔王の悲鳴か。触手も形を保てずにボロボロと崩れていく。

けれどリンネの刃は中程で止まったまま。

魔王を完全には断ち切れずにいる。

「ラグ・ログライン——すまない。残り半分は君に委ねる」

リンネが振り返らないまま苦しげな声で言う。

僕がここまでついてきていることを彼女は全く疑っていない。

けれど可能なら自分一人で決着をつけたかったのだろう。魔王を倒すことが僕にとって辛いことだと、彼女は気付いているから。

「……謝らなくていいよ。僕はこのためにここへ来たんだ」

僕は一歩前に出て、手にしていた〝錆びた鋼《ラスト》〟を構えた。

この距離なら問題ない。


「我が刃よ《エッジ・オブ・ラグ》――森羅万象を断て《コスモ・スレイヤー》」


魔眼を用いて溜《た》め込《こ》んだ魔力を全て用いて、〝万能《ユピテル》〟の域に至った概念の刃を具現する。

全てを奪う師匠の奥義に並ぶ、至高の魔術。

万物を対象とするこの刃に、斬り裂けぬものはない。

杖を軸にして生まれた青い剣は、膨大な魔力を糧に眩く輝いた。

「綺麗……」

後ろからクラウの呆然《ぼうぜん》とした声が届く。

ただ、この状態ではあの巨大な魔王を斬り裂くには足りない。

ゆえに意識を集中して刃を研ぐ。

どこまでも鋭く、どこまでも薄く――。

薄くすることで、刃は果てしなく伸びていく。

見渡せぬほど大きな魔王の体を斬り裂けるほどに。

僕はゆっくりと剣を右下に降ろし、リンネの刃と交差するように振り上げた。

――師匠、これで最後です。


斬。


青い軌跡が奔る。

何の抵抗も感じなかった。

重さもない概念の刃は、ただ空を斬ったかのよう。

だが、僕の眼前で魔王は完全にその体を断ち斬られていた。

ピタリと魔王の悲鳴が途切れる。

リンネの剣から溢れた光が魔王の全身へと広がり、そのとてつもなく巨大な腕は端から弾けて消えていく。

魔力の気配を感じて視線を転じると、もう一方の腕も黒炎に包まれて燃え落ちようとしていた。

どうやら剣帝の方も討伐に成功したらしい。

やがて細かな魔力の残滓に還元された魔王は、リンネの聖霊剣《グラム》に吸い込まれていった。

あれほど巨大な存在だったのに、後には何も残らない。

すり鉢状に抉《えぐ》れた地面が僕らの前に広がっている。

「やった……んですよね？」

膝を突いていたクラウが呟く。

「ええ――ついに全ての魔王を倒しましたわ」

オリヴィアが頷き、ペタンとその場に座り込んだ。

「終わったぁ～……」

仰向けに倒れるリサ。

後方から上がる歓声。振り向くと、脱落した聖騎士《パラディン》たちが倒れ伏したまま、それでも声を振り絞って勝鬨《かちどき》を上げていた。

「これで魔王がいない世界がやってくるんだね……」

スバルも立ちあがる力がないらしく、剣に縋りながら声を漏らす。

〝極点〟の中心で立っているのは、僕とリンネだけ。

ただ――剣を掲げたまま立ち尽くしているリンネの背中に、僕は妙な胸騒ぎを覚えていた。

動かない彼女が心配になり、僕はそちらに足を向ける。

「大丈夫かい？」

声を掛けると、リンネはびくりと体を震わせた。

「……ラ、グ？」

恐る恐るといった雰囲気で振り返った彼女は、僕の顔を凝視する。

「ああ、僕はラグ・ログラインだけど」

訝《いぶか》しく思いつつも肯定の返事をするが、リンネは首を横に振った。

「違う——これは、私の知る君ではない……私はこんなことは知らない……なのに何だ、この記憶は……」

困惑した様子で彼女はぶつぶつと呟く。

「どうしたんだ？　魔王の残滓を取り込んで、また何か変化があったのか？」

それ以外に思い当たることはなく、僕は慎重に問いかけた。

「変化……？　いや、それも違う……これは求められた形……誰に？　ああ、そうか……私は——」

彼女の頬を伝う涙。

それが零れ落ちた右の瞳には、赤く輝く五芒刻印《ステラ》が浮かび上がっていた。

「な……」

言葉を失う。

ありえない。彼女の右目が魔導器官でないことは、何度も傍で確認している。見逃したはずはなかった。

それはつまり今この場で彼女の瞳が魔眼に変質したということ。

「ラグ・ログライン……私は……リンネ・サザンクロスとして、君に頼む」

何かを抑え込むよう自分の胸を押さえながら、彼女は苦しげに言葉を続ける。

「私を――殺してくれ」

「っ……」

師匠と同じ望みを口にした彼女を前にして、頭の中が真っ白になった。

どうしてこんなことを彼女が言うのか……考えなければならないのに心が凍りついている。

その時、彼女は唐突に視線を明後日《あさって》の方に向けた。

「……呼ばれた。時間切れだ。後は……任せたぞ」

リンネは魔眼を輝かせながら、苦しげな笑みを浮かべる。

彼女の姿が、フッと掻き消えた。

――転移魔術⁉

無詠唱だったが、展開された術式は読み取れた。

魔眼で解析できたということは、それは聖霊の力ではなく魔術であるという証《あかし》。

「り、リンネ⁉」

後ろでスバルが戸惑った声を漏らす。

他の聖騎士《パラディン》たちからもどよめきが上がっていた。

「どこに……⁉」

直前に彼女が視線を向けていた方に目を凝らす。

そちらはもう一体の魔王が聳えていた辺り。

ドンッ！

轟音と共に、そこから黒い火柱が立ち昇った。

凄まじい魔力の気配に魔眼が軋む。

「ら、ラグ様、いったい何が――」

呼びかけてくるクラウに僕は告げる。

「――確かめてくる」

僕は短く答えて、意識を集中させた。

「彼の腕《アーム・オブ・リンネ》よ、地の隔て《ホライゾン・スティーラー》を奪え」

皆の前だが躊躇《ちゅうちょ》している暇はないと判断し、転移魔術を発動する。

視界が歪み、周囲の音がぷつんと途切れた。

そしてわずかな浮遊感の後、景色が切り替わる。

「っ……」

そこには赤い鎧を着た聖騎士《パラディン》たちが倒れていた。

剣帝直属護衛《クルス》――恐らくその身を盾として、剣帝の道を切り拓いたのだろう。

しかし魔王討伐を成し遂げた剣帝もまた、地面に横たわっている。

その傍で轟轟と渦巻くのが、遠方から見えた黒炎の柱。

リンネ・サザンクロスの魔力は、その内側に感じられた。


「――新たなる英雄か。礼を言おう。そなたのおかげで余は目的を果たせた」


黒炎から声が響く。

火柱は一度大きく膨らんだ後、ぎゅっと人の形に集束した。

だが人型とはいえ、その大きさは見上げなければ頭部が視界に入らないほど。

左胸の辺りにはリンネ・サザンクロスの輪郭が薄《うっす》らと見える。

「お前は……何だ？」

どんな状況にも対応できるように、複数の術式を同時に構築しつつ、僕は炎の巨人に問いかけた。

「黒の浄王《メギド・ラケシス》」

端的な返答。

その名は聞いたことがある。

「剣帝が契約していた聖霊か」

「その通り。だがとうの昔に、剣帝は余自身だったのだがな」

頷きながらも、炎の巨人――聖霊メギド・ラケシスは嗤《わら》う。

「剣帝が……お前自身？」

「余の聖霊剣《グラム》の代価は、自我。それだけ言えば分かるだろう？」

試すように聖霊は問いかけてくる。

楽しむようなこの口調……以前の聖霊ルクシオンを思い出す。

色濃い魔神の気配といい、間違いない。こいつは邪悪だ。

「使い手の精神を聖霊が乗っ取ったのか。最悪な代価の聖霊剣《グラム》だな」

そう吐き捨てた僕に聖霊は言う。

「それに相応《ふさわ》しい〝成果〟は与えたであろう。余が最初に剣を与えなければ、人間どもは魔物に蹂躙《じゅうりん》されるがままだった」

「だとしても……それはきっと人間のためじゃない。僕はお前みたいなタイプの聖霊が、酷《ひど》く意地が悪いことを知っている」

僕が断言すると、炎の輪郭が歪み、聖霊は笑い声を上げた。

「は――ふはははははっ！　腹の立つ人間だ。しかし此度《こたび》の働きに免じて、この場では命を奪わん。これでも長く人の王を務めた身だ。そなたには人間どもへの言伝《ことづて》を任せよう」

「まだ剣帝のつもりでいるのか……だが、話を聞くとしたらそれは彼女を――リンネ・サザンクロスを解放してからだ」

　聖霊を睨《にら》み、その左胸の奥に見えるリンネを指し示す。

「解放？　これは異なことを。この者はこうなることが本来の定め。あるべき場所に収まったに過ぎん」

「本来の定め……？」

　問い返す僕に、聖霊は愉《たの》しげな口調で語る。

「最強の聖騎士《パラディン》と呼ばれたリンネ・サザンクロス、その正体を知ればお前たちは驚くことだろう。あれは最初に倒した魔王の残骸と、余の一部を人間に埋め込んで作った〝器〟。魔王の力を取り込むほどに限りなく魔王に近づくモノだ」

「…………そういうことか。魔王の力で魔王を倒そうとしたんだな」

　冷静に僕が応じると、聖霊は意外そうに炎を揺らめかせる。

「つまらん反応だ。もしや既に何か気付いていたか？」

「まあね――たぶん僕はお前が思っている以上に、色々なことを知っているよ」

　僕は首を縦に振った。

　リンネ・サザンクロスが魔王に――僕の師匠にそっくりなことを知っている人間は僕一人。魔王の残滓を取り込むほどに変化が起きているのは彼女から聞いていたし、魔王の

〝簒奪〟を無効化したところを目にしている。

だから聖霊の言葉をすんなりと〝答え〟として受け止めることができた。もちろん彼女に魔王や聖霊の一部が埋め込まれているのは驚きではあったが……。

「ふ──どうやらそなたは普通の人間ではないらしい。余に知恵を与えたあの〝賢人〟を思い出す」

「……賢人？」

それは何者かと問い返すが、聖霊は無視して話を進める。

「だが、そなたの推測は間違いだ。余の目的は魔王を倒すことではない」

「どういうことだ？」

聖霊の意外な言葉に僕は眉を寄せた。

「ただ魔王を倒しただけでは、迷宮の奥に封じられた余の現状は変わらぬ。少しは溜飲《りゅういん》が下がるだろうが、それだけだ。余の望みは、あの牢獄《ろうごく》より解き放たれること」

それを聞いて僕は気付く。

先ほどから感じる高密度の魔力。元々圧倒的な力を持つ聖霊剣《グラム》だったので判断が難しかったが、今の言い方だとやはり……。

「お前──〝影〟じゃないな」

魔眼で聖霊を見据えて告げる。

「ほう、分かるか。その通り……これは余の真体。魔王の封印は魔王にしか解けない。そのために余は器を——疑似聖霊サザンクロスを完成させた。そして今、余は己の身で大いなる白陽を仰いでいる！」

聖霊は炎の両腕を広げ、いつの間にか高く昇っていた白い太陽を仰ぎ見た。

「……目的を達成したのなら、彼女はもう要らないだろう」

何とかリンネを解放できないかと僕は言う。

この聖霊が邪悪な存在であり、恐らく敵になるであろうことは理解している。だが攻撃に移れないのは、聖霊の内側に彼女がいるからだ。

「何を愚かなことを。副産物ではあるが、集めた魔王の力は器と共に余の一部とする。そうして余は——欠けた黒陽の座を埋めるのだ」

僕の言葉を一蹴した聖霊は、ふと思い出したように言葉を続ける。

「そうだ……まずはそれに相応しき務めを果たさねばな。本来の刻限はもう過ぎている。一刻も早く、余が〝降炎《メギド》〟を為さねばならん」

それを聞いて僕は目を見開いた。

「っ——今、何て言った？」

聖霊は僕に視線を戻すと、厳かに告げる。

「人間よ、ここよりが言伝である。滅びを免れたくば、全ての者にこれを知らしめよ」

歪んだ感情が垣間見《かいまみ》えていた聖霊の雰囲気が一変した。

思わず膝を突いてしまいそうな威光を感じる。

「日が沈み、次に朝が訪れる時——空には黒き太陽が輝き、炎を降らせる。炎はあまねく大地を覆い、世を清めるだろう。生き残りたくば、己の力で抗《あらが》ってみせるといい」

そう言うと聖霊はふわりと宙に浮かび上がった。

「待て！」

ここで逃がしてはいけないと僕は聖霊に手を翳す。

魔術を使う準備は既に整っている。けれど胸の内にある刃をどう振るっていいのかが定まらない。

確実に通用するのは魔王を斬った〝万能《ユピテル》〟の刃だが、それではリンネも一緒に両断してしまう。

——ルクスの時みたいに魔神の要素だけを断ち斬るか？

そうすればあの聖霊から悪性だけを切除できる。

しかし聖霊は言っていた。リンネには己の一部を埋め込んだと。彼女は疑似聖霊サザンクロスなのだと。

だとすれば魔神を断つ刃は、リンネのことも傷付けてしまうかもしれない。

「なら……我が刃よ《エッジ・オブ・ラグ》――禍炎を断て《フレア・スレイヤー》！」

考えた末に放ったのは、炎という属性を対象にした刃。

これならば黒炎の体を持つ聖霊だけに当たるはず。だが――。

ギイイイイイイン!!

甲高い音が響き渡る。

それは本来、在り得ない現象。不可視で、物理的には存在していない概念の刃を、赤い腕が止めた音。

「面白い斬撃だ。しかし――この瞳には見えていた」

不定形な聖霊の目と思われる部分に、五芒刻印《ステラ》が浮かび上がる。

そしてその両肩から新たに現れたのは、全てを奪い取る〝万能《ユピテル》〟の赤腕。

――魔王の腕!?

あれならば確かに概念の刃をも摑み取れる。

魔王の力を取り込んだこの聖霊を倒すには、やはりこちらも〝万能《ユピテル》〟の刃で挑むしかないことを僕は悟った。

だけどそれは——。

「さらばだ」

聖霊は動けずにいる僕を見下ろして笑い、炎の矢となって西の方へと飛んで行った。

「くっ……」

とにかく追いかけねばならない。

だが焦る僕の耳に、柔らかな声が届く。

「パパ、あの子の行き先ならたぶん分かるよ」

驚いてそちらに目を向けると、僕が手にしている杖の柄に、竜翼を持つ小さな少女が腰かけていた。

「ルクスか——」

「うん、ルクスはルクス。ごめんね……あの子がいる時は、怖くて出てこれなかった」

僕の杖を媒介に意識体を投影している聖霊のルクスは、申し訳なさそうに謝る。

「いや……あんな禍々しい魔力を前にしたら仕方がない。それより行き先が分かるっていうのは？」

首を横に振ってから、僕は彼女に問いかけた。

「黒陽の座——人間が黒き太陽って呼んでいたモノが、砕けて堕ちた場所。あの子はそれを復元して、天に昇るつもりなんだと思う」

そこでルクスは不満げに頬を膨らませる。

「あの子……ずるい。他の聖霊の封印を解く気、全然ない。自分だけが自由になって、新しい魔神になるつもり」

「新しい魔神……」

あの聖霊がやろうとしているのはそういうことなのだと改めて理解した。

「でもまだ時間はある。あの子が言っていた通り、黒陽の座が浮かび上がるとしてもそれは明日の朝。迷っているなら、ゆっくり考えて」

ルクスにじっと見つめられた僕は苦笑する。

「……よく迷っているって分かったね。心が読めるわけじゃないだろうに」

「起きてる時は、いつもパパを見てるから」

にこりと笑って答えるルクス。

「ルクスは……いいのか？」

「何が？」

「僕が——あの聖霊を倒しても」

今は僕の杖に居候しているが、彼女も聖霊だ。メギド・ラケシスの側に立ってもおかしくないはず。

「いいよ」

だが迷う様子もなくルクスは即答する。

「聖霊は、それぞれ別の存在。天の座は取り合いだし、むしろライバル。やっつけてくれた方が助かる」

「……だったら、よかったよ」

さっぱりしているなと思いつつも安堵の息を吐く。

――やっつける、か。

リンネ・サザンクロスの残した言葉を思い出す。

自分を殺してくれと、彼女は言った。

あの瞬間、彼女は己の役割と――これから何が起こるのかを理解したのだろう。

このままでは〝降炎《メギド》〟が世界を滅ぼす。

それを止めることが、賢者としての僕の役目。

本当なら迷う余地もない。

決して迷ってはいけないことなのだ。

第四章　降炎《メギド》

1

空に極彩色の帯が揺らめく夜。

僕は地面に座って、パチパチと音を立てて燃えるたき火をじっと見つめる。

そこは〝極点〟の端に作られた夜営地。

魔王との戦いで傷ついた者たちはテントの中に寝かされて、動ける者が手当てを行っていた。

意識を失っている者の一人が剣帝ハイネル三世。さらにリンネ・サザンクロスまでいなくなった状況で何とか指揮が執れているのは、円卓《ラウンズ》たちのおかげだ。

彼らは向かいにある大きなテントで議論を交わしている。その声は僕のところまで響いてきていた。

議題は当然〝降炎《メギド》〟について。

あれから僕は皆のところへ戻って、聖霊からの言伝《ことづて》を伝えた。

もし〝降炎《メギド》〟を止められなかった時は皆が己の力で対処しなければならない。混乱を招くことは分かっていたけれど、黙っているわけにはいかなかった。

まあ当然……すぐには信じてもらえなかったが。

けれど気絶していたと思っていた剣帝直属護衛《クルス》の聖騎士《パラディン》が、傍《そば》で僕と聖霊の話を聞いていて、全て真実だと証言してくれたのだ。

そしてすぐに帝都へ伝令が放たれた。しかし明日の朝に間に合うわけもない。このままだと僕らはここで〝降炎《メギド》〟の時を迎え、本土の人々は何も分からないまま炎熱に呑《の》まれるだろう。


──でも、そんなことにはさせない。

僕は決意を固めて立ちあがる。

時間が掛かってしまったが、ようやく心が定まった。

元より他に選択肢などなかったのだ。

僕は誰もが望む通りにすればいい。


「ラグ様、待ってください」


だがそこで後ろから呼び止められる。

振り向けばクラウがひどく真剣な表情で僕を見つめていた。

先ほどまでリサやオリヴィアと負傷者の手当てをしていたはずだが――。

「……どうしたんだい？」

決意が鈍らないうちに発《た》ちたかったが、クラウのことは無視できずに問いかける。

「どこかに、行かれるんですか？」

逆に問い返された。

僕は首を縦に振る。

「ああ――ちょっと世界を救ってくるよ」

なるべく明るい表情を繕って軽く言う。彼女を心配させないように。

けれどクラウは何故《なぜ》かひどく辛《つら》そうな顔で唇を噛《か》んだ。

「…………」

何かを堪えるようにクラウはぐっと拳を握りしめた後、宝石のような碧眼《へきがん》で僕の目を真《ま》っ直《す》ぐに射貫《いぬ》く。

「ラグ様……私は正直、今何が起きているのか……理解しきれていません。剣帝様が聖霊に乗っ取られていたとか……封印を解いた聖霊がリンネ様を取り込んで世界に炎を降らせようとしているとか……ラグ様の言ったことじゃなければ、たぶん信じることもできませんでした」

「それは仕方がないと思うよ。自分で見聞きしたことじゃないしね」

僕の言葉にクラウは頷《うなず》く。

「はい――だから世界を救うと言われても、私にはラグ様が何をしようとしているのか想像がつきません。確かなのは、ラグ様はきっとそれを成し遂げるということ。そして……あと一つ」

「あと一つ?」

何が言いたいのかと僕は首を傾《かし》げた。

クラウは僕と目を合わせたまま、とても悲しそうな声で答える。

「世界を救うのは、ラグ様にとって辛いことなんですよね?」

「っ……」

予想外の問いだった。

不意討ちで、決意で塗り固めた心がわずかに綻ぶ。

「隠したって無駄です。ラグ様の顔を見ていれば、それぐらい分かります。だって私はラグ様の弟子ですから」

誤魔化すべきかと考えた僕を牽制《けんせい》するように、クラウは強い口調で告げた。

これはもう認めざるをえない。

「――ああ、確かに僕はこれから辛いことをしようとしている」

〝降炎《メギド》〟を止めるには、聖霊メギド・ラケシスを討つしかない。

取り込まれてしまったリンネ・サザンクロス諸共に。

僕の決意とはそういうもの。

本当はあの人を助けたかった。

師匠と似ているからじゃない。とても、優しい人だったから。

僕を慰めてくれたあの温《ぬく》もりを、忘れることなどできないから。

けれど〝万能《ユピテル》〟の刃でなければ通用しないことは、前回の戦いで分かっている。

だから選ぶしかなかった。皆が望む結末を。

「でもね、クラウ。それでいいんだ。そうすることでしか皆を救えないんだから」

僕は首を横に振り、言葉を続けた。

「前に師匠の話をしたよね？」

「……はい」

クラウは小さな声で答える。

「師匠は僕に言ったんだ。大勢の人を笑顔にできる人間になって欲しいってさ。今がまさにそれを為《な》す時なんだよ」

「だったら余計にダメです‼」

大声で反論されて、僕は呆気《あっけ》に取られる。

今のでクラウも、僕自身も、納得させたつもりだったから。

「だ、ダメ？」

「はい、全然ダメです。だってそれじゃあ——ラグ様が笑顔になれないじゃないですか！」

またもや思ってもいなかったことを言われ、言葉を失う。

「何をするにしても、ラグ様が笑えないのならダメです！　そんな方法は私が認めません」

「認めないいって言われてもな……現実的に——」

「現実なんて知りません！」

きっぱり言い切るクラウを、僕は半眼で見つめた。

「いや……言ってること滅茶苦茶《めちゃくちゃ》だよ？」

「自覚はあります。でも……」

クラウは頷くが、僕に一歩詰め寄って言う。

「本当に無理なんですか？　ラグ様は私にとって最高の剣士です。大きな魔物も、ドラゴンも、魔王も、代価で眠り続けるはずだった私の運命ですら断ち斬ってくれました。私にはラグ様に不可能があるとは思えません！」

弟子としての一切曇りがない信頼を向けられて僕はたじろぐ。

「それは——」

「ラグ様は何かを諦める必要なんてありません！　限界なんてないはずです！　私はそう信じます」

その言葉はどうしようもなく重かった。まともに受け止めれば、押し潰されてしまいかねないほどに。でも――。

「限界、か……」

胸の奥に波紋が走る。

探究を続けた魔術師としての……賢者としての矜持《きょうじ》にクラウの言葉は触れた。

――今の僕では、どうやってもリンネ・サザンクロスを救えない。それはどうしようもない現実だ。だけどそれは今のままだったらの話。

「あ、ラグ様――何だかいい顔になりました。よかったです」

そんな僕を見て、クラウは笑顔になる。

「ああ……弟子にここまで言われたら、頑張らなきゃいけないって思ってさ」

僕は頷き、極彩色の帯と星が瞬《またた》く夜空を見上げた。

「夜明けまで、まだ時間はある。だから少し〝寄り道〟をしていくつもりだ」

そう言って僕は夜営地の隅に足を向ける。

クラウも今度は止めようとはせず、僕の後についてきた。

「ここまででいいよ」

周囲に誰もいないのを確認し、僕はテントの裏手で足を止める。

「分かりました――では、お気をつけて」

先ほどまでとは打って変わって、クラウはあっさりと僕を送り出す。

そんな彼女に何となくあと一言だけ伝えておきたくなった。

「ありがとう、クラウ。世話をかけたね」

「お礼なんていりません。だって、私はただ……誰よりも大切な人に笑顔でいて欲しかっただけなんですから」

はにかみながらクラウは答えるが、その顔が段々と赤く染まっていく。

「……って、す、すごく恥ずかしいことを言っちゃいましたね」

照れながら頬を掻《か》くクラウに、僕は笑みを返す。

「ううん――嬉《うれ》しかったよ」

師匠もこんな気持ちだったのかと考える。

鼓動が速い。顔が熱い。きっと僕の顔も赤くなっていることだろう。

けれどそんなところを弟子に見せたくなくて、僕は彼女に背を向けた。

「じゃあ、行ってくる」

無詠唱で転移魔術を発動させて、僕は旅立つ。

世界を救うためじゃない。

師匠によく似た――けれど師匠ではないあの人を、助け出すために。

2

空が白み始める頃、僕は決戦の地に降り立った。

そこは北の大陸の西端。

大地に凄《すさ》まじく巨大なすり鉢状の穴が穿《うが》たれた場所。

ルクスが言うには、ここに黒陽の座――黒き太陽が堕《お》ちたらしい。

そう考えるとこの異様な地形も納得できた。

そして今――穴の中央には、不気味な黒い球体が浮いている。

球体は黒い炎に覆われ、夜明け前の薄闇を不気味に照らしていた。

恐らくあれが黒陽の座。

思ったよりも小さいが、天へと昇ることで本物の黒き太陽に成るのだろう。

炎の巨人、聖霊メギド・ラケシスの姿は見えない。球体を黒炎が包んでいることからして、既に黒陽の座の中にいるようだ。

「…………」

僕は師匠の杖《つえ》、〝錆びた鋼《ラスト》〟を手に穴の斜面を降りていく。

心は凪《な》いでいた。

胸の内には、研ぎ直した一振りの剣がたゆたう。

ここへ来るまでの数時間、別に特別なことは何もしていない。

〝それ〟は僕にとって日常の一部だった。毎日、当たり前に勤《いそ》しんでいたことだった。

魔術の勉強。術式の洗練。

ただ、この時代に来てからは忘れていた。賢者ではなく聖騎士《パラディン》として戦わねばならなかったから。

でも——クラウのおかげで思い出せた。

僕は魔術の深淵《しんえん》を追究する者。〝万能《ユピテル》〟の域に至っても、さらなる先を目指す賢者。

師匠が人の枠を超えて魔王となり、神すら砕いたように——僕ら賢者に限界など存在しない。

限界とは超えるものであり、通過点。

可能性は、必ずその向こう側にある。

ドクン——。

僕が近づくと、黒い球体が脈動して赤い瞳が表面に浮かび上がった。

『……何をしに来た？』

頭の中に直接響く声。

　巨人の姿だった時とは違い、念話を使うらしい。

「リンネ・サザンクロスを助けに。あともちろん〝降炎《メギド》〟も止めさせてもらうよ」

　目的を伝えると、わずかな間を置いて笑い声が返ってきた。

『ふ――はははははっ！　何を言うかと思えば……愚かな。そなたほどの力があれば〝降炎《メギド》〟から逃げ延びることもできただろうに――魔神の前に立ちはだかるとは。それは理を乱す大罪。もはや死をもって償わせる他ない』

　聖霊の言葉に僕は苦笑を浮かべる。

「もう魔神気取りか」

『黒陽の座と一体になった余は、既に魔神なり。あとは白き太陽が昇れば、余は天へと導かれる』

　それを聞いた僕は、球体から十歩ほど手前で足を止めた。

「だったら、それまでに終わらせよう」

『――同感だ。愚者よ、消え去れ』

　聖霊の――いや、魔神の赤い瞳に五芒刻印《ステラ》が浮かび上がった。

　僕も八芒刻印《ツル》の魔眼で見つめ返す。

　カッ――！

　魔王の瞳の中心で光が瞬く。

放たれるのは、膨大な魔力を破壊的なエネルギーに転化した閃光《せんこう》。
どんな防壁を展開したとしても無意味だと瞬時に理解する。
だが、防げないのなら斬り捨ててしまえばいい。

「我が刃よ《エッジ・オブ・ラグ》——森羅万象を断て《コスモ・スレイヤー》」
女神言語《デアスペル》を唱え、胸の内にある刃を現実に呼び出す。
具現するのは、僕の杖を柄とした概念魔術の剣。
一歩踏み込み、その刃を振るう。
両断。
閃光は二つに裂かれ、細かな粒子となって消え去る。
『余の一撃を凌《しの》ぐか。ならば——』
球体から赤く輝く両腕が現れた。それはさらに黒炎に包まれ、禍々《まがまが》しい気配を放つ。
全てを奪う〝万能《ユピテル》〟の腕に、魔神の魔力を上乗せしたのだろう。
その出力は、魔王が聖霊の顕現を強制解除した時以上。
今回はそれを無効化する術《すべ》もない。
周囲の魔力は全て赤腕に吸い込まれ、僕の魔眼への供給も断たれる。

しかし僕の刃は揺るがない。
圧倒的な〝奪う力〟さえも青き刃は斬り裂き、完全な形を維持していた。
魔王の腕と僕の刃は互いに〝万能《ユピテル》〟。
本来であればその優劣は魔力量――力押しの勝負となる。
けれど刃はぶつけるものではなく、斬るものだ。
対象を斬り裂ける〝鋭さ〟と〝大きさ〟があれば、相手の魔力量など関係なかった。
「それは、お前のものじゃない」
さらに一歩距離を詰め、刃を奔《はし》らせる。
空間に刻まれる青い斬撃の軌跡。
魔王の――師匠のものである赤腕が、その付け根から切断された。
黒炎に包まれ、燃えるように消えていく魔王の腕。
『な、に……？』
そこで初めて魔神は声に驚きの色を滲《にじ》ませる。
ようやく気付いたのだろう。
己が窮地にあることを。
魔神に――神に成った程度で、人間を見下すことがまず愚か。
「新たな魔神、お前は知らないのか？　覚えていないのか？」

一歩、また一歩と間合いを詰め、僕は問いかける。

「知らないのなら教えてやる。空に在る神々を砕いたのは人間だ。魔に堕ちてでも人々を――僕を救おうとした偉大な賢者だ」

八芒刻印《ツルル》の魔眼で敵を見据え、僕はゆっくりと剣を振り上げた。

「お前の前にいるのは、その後継。魔神を殺すために時を超えてきた最後の賢者だよ」

『っ……!?』

逃げるように黒い球体が空へ高く浮かび上がる。

『賢者だと？　そのようなもの、余は知らぬ。そなたのような人間など、存在してはならん！』

魔神の眼球が真っ赤に染まり、そこから黒炎が溢《あふ》れ出《だ》す。

それはまるで黒き太陽が涙を流しているような光景。

『少々早いが、今より〝降炎《メギド》〟を始めよう。天へ至る前ゆえ、世界を覆うには足らぬが――この大陸程度なら呑み干せる。逃げ場などないと知れ！』

焦りの混じった声が頭の中に響く。

空から流れ落ちてくる黒き炎の涙。幼い記憶に刻まれた災厄と重なる光景。

だが、最初から逃げるつもりなどない。

僕は杖を――青き剣の柄を両手で握る。

対象との距離は少し離れたが、問題はない。刃を薄く伸ばせばいいだけ。

「リンネ・サザンクロス、あなたは自分を殺せと僕に言ったね」

空に在る魔神を見据えながら、その内に囚《とら》われている彼女に向けて呟《つぶや》く。

「でも、その願いは聞けない。師匠の頼みならどんなことでも叶《かな》えるけれど、あなたは師匠じゃないから」

迫る黒炎。

勝ち誇る魔神の嗤《わら》い声。

「だから僕は、僕のやりたいようにする。あなたを死なせたくないから、僕はあなたを助ける」

その想《おも》いを剣に乗せる。

高く伸びた青い刃が光り輝く。

これは全てを斬り裂く〝万能《ユピテル》〟の概念魔術。

けれど僕は思ったのだ。斬りたくないものまで斬ってしまうのなら、それは本当に〝万能《ユピテル》〟と呼べるのかと。

足りない部分があるなら埋めればいい。より完全と思える領域を目指せばいい。

そうして踏み出す一歩が、常識を、限界を打ち破る。

たった数時間の研鑽《けんさん》。

しかし僕はそれによって自身の魔術を進化させた。
——除外処理。
斬らないもの、を指定する術式の追加。
その対象を脳裏にはっきりとイメージする。
高みから冷徹な瞳で僕を見下ろしてきた彼女。慰めるように抱きしめてくれた彼女。
最強の聖騎士《パラディン》として皆を率いていた彼女。先陣を切り、魔王に挑んだ彼女——。
師匠とそっくりだけれど、師匠ではない彼女。
——リンネ・サザンクロス。
斬ってはならない者の名を胸の内で告げると、刃に術式の紋様が浮かび上がる。
今ここに完全なる刃は具現した。
掲げた剣の切っ先に黒炎が触れる。
それだけで——裂けた。
天上から降り注ぐ炎の滝が二つに断たれて、赤い眼球に細い傷が刻まれる。
『があああああああああああああああああっ!!』
魔神の悲鳴と共に傷口からどす黒い血潮が吹き出す。
『馬鹿な——馬鹿な馬鹿な馬鹿な……馬鹿なぁっ——!?』
喚《わめ》く魔神を僕は静かに見つめて言う。

「そうだね、お前は愚かな魔神だ。刃に触れれば怪我《けが》をすることぐらい、人間の子供でも分かることなのに」

『なっ……！』

絶句する魔神に僕は賢者として告げる。

「だけどこれで理解できただろう。この刃はお前を傷付ける。これに斬られればお前は滅ぶ」

『ま、待て！』

焦りが滲む声で魔神が叫んだ。

「怖いのかい？　なら、それも新たな学びだ。人間はいつもこうして死に怯《おび》えている。死にたくないから必死で抗《あらが》っている」

言い聞かせるように、刻み込むように僕は語る。

「砕けた神から聖霊は生まれた。滅びた聖霊が何になるかは分からないけれど――もし〝次〟があるのなら覚えていてほしい。死が恐ろしいものであることを」

そして僕は剣の柄となっている師匠の杖を強く握りしめた。

『やめ――』

魔神が制止の声を上げたが、それを聞く必要はない。

言うべきことは言った。あとはやるべきことをやるだけ。

「さようなら、メギド・ラケシス」

別れの言葉と共に、僕は刃を振り下ろす。

青い光が、世界を両断した。

空が、雲が、大気が、大地が、頭上から降ってきていた黒い炎が、その先にいた魔神が〝万能《ユピテル》〟の刃によって断ち斬られる。

『……あ？』

呆気に取られたような声が上空から聞こえてきた。

真っ二つに割られた黒陽の座は、浮遊する力を失って地上へと降下を始める。

ドォォォォォン！

数歩下がった僕の前に、二つに分かれた魔神が落ち――地面に深くめり込んだ。

表面で燃え盛っていた黒炎は消え、切断面からは闇を凝縮したような黒い液体がボタボタと零《こぼ》れている。

『そん、な……こんなことが――余は……黒き太陽に……あの方と並ぶ魔神に……』

途切れ途切れの思念が流れ込んできた。

「この世界に、もう魔神は必要ないよ」

僕がそう告げると、ピタリと魔神は黙り込む。

だがボロボロとその体が崩壊していく中、唐突に魔神は笑い出した。

『は、ハハハハハハハハハッ！　無知な人間め。そなたは何も分かっていない。魔神の不在が……〝降炎《メギド》〟を止めるということが何を意味するのか……想像もつかぬ愚か者が！』

それは死に際の捨《す》て台詞《ぜりふ》のようにも聞こえたが、僕はあえて応じる。

「〝降炎《メギド》〟の意味、か。確かに僕はそれを知らない。人間にとっては災厄でも、何らかの役割はあるんだろう。だとしても——やっぱり必要ないさ。僕らは生きていたいから」

滅びゆく魔神を見下ろし、人間としての意思を伝えた。

『必ずや……後悔するぞ』

「困ったことになったら、皆で力を合わせて何とかするよ」

『……驕《おご》りだな。なんと傲慢な種族か』

魔神の声に呆《あき》れの色が混じる。

「かもしれないね」

その評価は素直に受け入れ、僕は肩を竦《すく》めた。

『認めてなお笑うか……気に、喰《く》わん……』

それを最後に魔神の声は途切れる。

両断され、端から崩れていた魔神の体が輪郭を失う。

溢れ出た闇は地面に染み込み、そのまま痕跡も残さず消え去った。

魔神がいた場所には、黒陽の座の破片が散乱し、その中に剣を手にした一人の少女が横たわっている。

「――――」

僕はごくりと唾を呑み込み、彼女の元に近づいた。

赤い外套《がいとう》を纏《まと》う聖騎士《パラディン》、リンネ・サザンクロス。見た限りではその体に傷はない。

僕は確かに彼女を避けて魔神を斬った。そのはずだ。

けれど魔神に長く取り込まれていた彼女が、無事である保証はない。

――生きていてくれ。

そう願いながら彼女の横に膝をつき、顔を近づける。

頬に触れる微《かす》かな吐息。

胸も上下しているのを見て、僕は安堵《あんど》の息を吐いた。

「よかった……」

全身から力が抜ける。

ずっと張りつめていた心が、ようやく緩んだ。

「ん……」

リンネの口から小さな声が漏れ、瞼《まぶた》が震える。

ゆっくりと開かれたその目に、もう五芒刻印《ステラ》の光はなかった。

「君、か……」

リンネは僕を見ると、小さく笑う。

「気分はどう？」

僕が問いかけると、彼女は握りしめていた剣を手放し——自分の手を見つめた。

「……悪くはない。だが……何かを忘れてしまった気がする。私は……私の知らない君を知っていたはずなのに……」

リンネはこちらに腕を伸ばし、僕の頬にそっと指で触れる。

魔王の残滓《ざんし》を全て取り込んだ直後、リンネは記憶が混濁しているような様子だった。もしかするとあの時、彼女は師匠の記憶を垣間《かいま》見ていたのかもしれない。でも——。

「たぶん、それでいいんだ。あなたの中にいる僕は、あなたが知る僕だけでいい」

そう告げるが、リンネは心配そうに僕を見る。

「君は……悲しまないか？」

「うん、大丈夫」

僕は頷き、頬に添えられた彼女の手を握った。

「僕もあなたには、あなたでいてほしいから」

師匠の代わりになってほしいとは望まない。

だって僕の師匠はリンネ・ガンバンテインだけだから。

この強くて優しい、少しお節介な女性は、リンネ・サザンクロスという聖騎士《パラディン》。

僕が助けたのは、この人だ。

「……分かった。それが、君の望みなら」

淡く微笑《ほほえ》んだ後、彼女は表情を引き締めて言葉を続ける。

「円卓《ラウンズ》の一人として、君を讃《たた》えよう。よく――頑張った」

「っ……」

何故だろうか。急に視界が滲む。

そんな僕を彼女は無言で胸元に引き寄せた。

自分でも理由が分からない。

悲しいわけじゃない。辛いわけじゃない。

だけど涙は止まらず――。

温もりの中で、僕は声を上げて泣いた。

終章

「やっと帰ってきました～！」

クラウが歓声を上げてバタンとベッドに倒れ込む。

「本当にようやくって感じね……」

リサも大きく息を吐き、クラウの隣に寝転がった。

「帰りの船が嵐に巻きこまれた時は、どうなることかと思いましたわ……」

残ったわずかなスペースにオリヴィアまで横たわる。

さほど大きくもないベッドに寝ている三人の少女を眺め、僕は躊躇《ためら》いがちに言う。

「あのさ……ここ、僕の部屋なんだけど」

そう――遠征隊は先ほどやっと帝都に帰還し、僕らはタウルス寮に帰ってきたのだ。

なのに彼女たちは自分の部屋に向かわず、当然のように僕についてきた。

「そうですねー……ラグ様の部屋ですねー」

クラウは頷《うなず》きつつも動く様子がない。

「あの狭いテントに比べたら、寮の個室も広く感じるわ」

寝ながら天井に手を伸ばすリサ。

「遠征中はずっと一緒でしたから、何だか自然についてきてしまいましたわ。殿方の部屋だというのに……まあ、婚約者ですから構わないでしょう」

オリヴィアは我に返った様子だったが、やはり起き上がろうとしない。

「いや、気持ちは分かるけどさ」

どうしたものかと考えながら、僕は机の傍《そば》に〝錆びた鋼《ラスト》〟を立て掛ける。

「ほら、ラグ様も一緒にしばらくごろごろしましょう！」

そこで後ろから腕を引っ張られ、仰向けに倒れる。

ぼすんと背中に柔らかな布団の感触。

そしてそんな僕を、クラウたちが至近距離で見つめていた。

既に定員オーバーだったベッドの上だ。そこにもう一人が加われば、体が触れるどころか半分乗っかるような体勢になってしまう。

「べ、ベッドに限るとテントより小さいかもしれないわね」

顔を赤くするリサ。

「何だかとてもはしたないことをしているような気もしますが……疲れているので、別に構いませんわよね」

またもやよく分からない理屈で納得し、オリヴィアは僕に体重を預けてくる。

「スバル隊長が帰ってきたら怒られちゃいますし……それまで――お願いします、ラグ様」

クラウは僕の腕を抱き締め、上目遣いで懇願してきた。

そんな顔をされると僕は弱い。

弟子というのはこんなに可愛《かわい》く思えてしまうものなのかと、胸の内で溜息《ためいき》を吐《つ》く。

「――分かったよ」

甘い女の子の香りと、温かな肢体。

とても気が休まる状況ではなかったけれど、クラウの我がままを受け入れる。

「ただ……スバルの帰りは大分遅くなりそうだったけどね。剣帝が倒れたことで、円卓《ラウンズ》は大忙しだ」

何か話していないと体に触れる膨らみの柔らかさとかに意識を持っていかれそうだったので、僕は気になっていた話題を口にした。

「そうですね……まだ幼い皇女様が次の剣帝として擁立されるみたいですけど――」

クラウは心配そうな声で相槌《あいづち》を打つ。

「でも代々継承されてきた聖霊剣《グラム》がなくなっちゃったし、色々と揉《も》めそうよね」

含みのある口調でリサは言う。

魔神となった聖霊メギド・ラケシスは僕が倒した。

そのため剣帝の聖霊剣《グラム》も塵《ちり》となって消えてしまったのだ。

「力のある貴族は黙っていないはずですわ。けれど幸いリンネ様はラグが連れ戻してくださいましたし……最低限の規律は保たれることでしょう」

眠たそうな声でオリヴィアは意見を述べる。

それからしばしの間、僕らはこの先について話していたが次第に皆の口数は減り、終《しま》いには寝息を立て始めた。

疲れていたので無理はない。

けれど眠る皆に挟まれている僕は身動きが取れず、目は冴《さ》えるばかり。

仕方なくぼうっと天井を仰いでいると、竜の翼を持つ小さな少女が視界を横切った。

「……ルクス？」

彼女の名を呼ぶと、ふわりと彼女は僕の目の前にやってくる。

「うん、みんな寝てるから……今なら言えるかなって」

クラウたちを眺めてから、ルクスは僕の鼻先にちょんと指で触れた。

「言う？」

何のことかと、僕は眉を動かす。

「パパ、おかえりなさい」

「…………ただいま。でも、ルクスも一緒に帰ってきたんだぞ？」

苦笑しながら言う。

「じゃあ、パパもおかえりって言って」

「了解――おかえり、ルクス」

彼女の要望に従うと、少し弾んだ声が返ってくる。

「うん、ただいま」

無表情ではあるが嬉《うれ》しそうだ。この聖霊のことも、前よりは分かるようになったと思う。

その時、部屋の外――廊下の方から何やら騒がしい声と足音が近づいてきた。

「……隠れた方がよさそう」

ルクスはそちらを見て、フッと姿を消す。

――嫌な予感がする。

けれど僕には身を隠す場所などない。

「皆、起きて」

クラウたちに呼びかけるが、むにゃむにゃ寝言を零《こぼ》すだけ。

そして予感は当たり、ノックもなく部屋の扉が開け放たれた。

鍵をちゃんと閉めておくんだったと、心の底から後悔する。

「ラグくん、いるかい！」

部屋に入ってきたのは、円卓《ラウンズ》のスバル・プレアデス。

スバルは狭いベッドで四人密着している僕らを見て、ピタリと動きを止める。

「ちょっ……ら、ラグくん――いったい何をしているのかな？」

恐ろしい笑みを浮かべて彼女は問いかけてきた。

扉が開けられた時点で、怒られる覚悟はしている。

ただ問題は……部屋に入ってきたのがスバルだけではなかったこと。


「ラグ・ログライン。これは私としても……説明を求めたい」


スバルに続いて姿を見せたのは、リンネ・サザンクロス。

むっとした表情で彼女は僕に不満げな眼差《まなざ》しを向けている。

どうして彼女がここにと思いながら、僕は必死に言葉を絞り出した。

「あ、あの……寮に帰ってきて、何となく流れで一緒に休んでいて……ずっとテントで一緒だったから……」

それを聞いたスバルは、呆《あき》れた表情を浮かべる。

「ああ、そういうことか。まだ遠征気分が抜けてないんだね。まあ……寮の規則違反ではあるけど、今回だけは見逃してあげるよ」

その言葉にホッとするが、リンネの方は全く眼差しを緩めていなかった。

「休んでいたと言ったが、君は眠っていなかった。やはりここの環境は君にとってあまり良くないらしい。疲れているのなら今日は私の屋敷《やしき》に招待しよう」

そう言うとリンネは僕の腕を摑《つか》み、ベッドから引っ張り出そうとする。

「ちょ、ちょっとリンネ！　いきなり何を言い出すのさ！　今日は寮の皆で凱旋《がいせん》パーティーをするんだよ？」

「む、そうか。ならばその後でも構わない」

真面目な顔で頷くリンネ。

「い、いや、そういうことじゃなくて――というかこんな話をするために来たんじゃないよね？」

スバルに詰め寄られ、リンネは思い出したように僕の手を離した。

僕が無理やり体を起こされたことで、周りにいたクラウたちも目が覚めたらしく、眠たそうに目を擦っている。

「ああ――そうだった。至急、君に相談したいことがあって直接ここへ赴いたんだ」

「……相談？」

僕が聞き返すと、リンネは首を縦に振る。

「恐らく、君にしかできないことだ」

赤い瞳でじっと見つめられ、心臓が早鐘を打つ。

――僕にしかできないこと、か。

師匠に託された未来。今、僕がいるこの時代。

そこに生きる人々を笑顔にする。

それが師匠の望み。僕にしかできないと託された願い。

新たな魔神は倒したけれど、クラウたちが言っていたように問題は山積み。〝降炎《メギド》〟を止めたことが何をもたらすかも不明なまま。

ならば〝最後の賢者〟の仕事はまだまだ尽きない。

『分かりました。仕方ないですね……では〝それ〟を叶《かな》えてきますよ』

かつての僕は師匠にそう答えた。

だから今回も――師匠によく似た、けれど師匠ではない彼女に向けて言葉を返す。

「分かったよ。どんなお願いか分からないけれど、任せておいて」

笑顔を浮かべて答えると、リンネは小さく息を呑《の》み――微《かす》かに頬を染めた。

「……ああ、頼りにしている」

僕の頭にポンと手を置き、彼女は頬を緩める。

――笑顔。

まずは一つ。いや、僕を含めれば二つ。
クラウが言っていたように、自分の笑顔も忘れてはいけない。
大切なことを気付かせてくれた彼女に視線を向ける。
「ふわ……？」
まだ半分眠っている様子のクラウは僕と目が合うと、不思議そうに首を傾《かし》げた。
けれどしばらくすると、ふにゃりと表情を崩して嬉しそうに笑う。
それはたぶん、僕が笑っていたから。
僕は色々と難しく考えていたけれど、世界は案外単純なものなのだろう。
皆を笑顔にする……その実現は、思ったより難しくないかもしれない。
きっとこの子が――。
僕を〝誰よりも大切な人〟だと言ってくれた愛弟子《まなでし》が――隣にいてくれる限り。

あとがき

こんにちは、ツカサです。この度は『剣帝学院の魔眼賢者』の2巻を手に取っていただきありがとうございます。

今回は前巻で登場したキーパーソンである、リンネ・サザンクロスに焦点を当てた物語となりました。

このシリーズでは、とりあえず最初にやりたかったことを1巻と2巻に詰め込んだ感じです。だからある意味、上下巻構成と言えるのかもしれません。

もちろん先の構想はありますが、一先《ひとま》ずここまで書けてホッとしました。シリーズものをどこまで書けるのか、というのは全く読めない部分なので、今後も（続刊があれば続刊で、もしくは別シリーズでも）美味《おい》しいところは出し惜しみせず描《えが》き切るスタイルで行こうと思っています。

そういえば前巻のあとがきでは『自分が人生で初めて触れた賢者』についてわりと語っていました。ですので今回はこの物語で大きな意味を持つ『魔王』をテーマに話そうかなと思います。

子供の頃の私にとって、魔王というのはわりと中ボス的なイメージでした。何故《なぜ》なら魔王が登場する某国民的RPGには、『大魔王』が後ろに控えていたからです。

だから単に魔王と聞いても、そんなに強い印象は持てないでいました。

ただ、時代が進むにつれて某国民的RPG以外では『大魔王』という呼称をあまり見なくなりました。

それに伴い、何となく魔王のイメージが向上してきた気がします。

やっぱり短い方がスマートだしカッコいいですものね。時代の風は魔王に吹いています。

私の中の魔王像もいつの間にかアップデートされて、強くてカッコいい枠にカテゴライズされていました。

言葉の使い方や意味、ニュアンスの変化って面白いですよね。

小説を書いていると、魔王以外でもそうした変化をよく感じます。これに気付かないでいると、指摘されることもしばしば。

一番恥ずかしかったのは、デビュー直後ぐらい――もう十年以上前に、〝カップル〟を〝アベック〟と書いて「古いですよ」とツッコミを入れられたことです。

今ではまず〝アベック〟は見ない単語ですが（カップルと同義語です）、当時においてもかなり古い言葉でした。たぶんそれが普通に使われていた時代の小説をよく読んでいた影響でしょう（心当たりがめっちゃありました）。

今作はファンタジーですが、現代ものを書くときは気を付けなきゃなと心掛けるようにしています。

――と、いつものように話が脱線したところで、そろそろ謝辞を。

きさらぎゆり先生。今回も素晴らしいイラストをありがとうございます！　どのキャラクターもとても魅力的で、可愛《かわい》くて、素晴らしかったです。自分が思い描いていたシーンがイラストとして形になると、じんと感動してしまいます。

担当の庄司《しょうじ》様。的確な指摘だけでなく、ここがよかった、面白かったと言っていただけることが本当に励みになっています。文章や構成の面でも学ぶことが多く、とても感謝です。今後ともよろしくお願いします。

そして読者の皆様、この本を手に取り、読んでいただき、心からお礼申し上げます。皆様に面白いと思っていただける作品をお届けできるように頑張っていきます！

それでは、また。

二〇二一年　二月　ツカサ

剣帝学院の魔眼賢者2
2巻はリンネさんの
表情がふえて描いてて
楽しかったです!
きさらぎゆり

ファンレター、
作品のご感想を
お待ちしています。

あて先

〒112-8001　東京都文京区音羽2-12-21
(株)講談社ラノベ文庫編集部 気付

「ツカサ先生」係
「きさらぎゆり先生」係

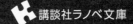

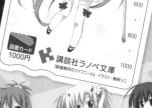

講談社ラノベ文庫

剣帝学院《けんていがくいん》の魔眼賢者《まがんけんじゃ》2

ツカサ

2021年3月31日第1刷発行

発行者	森田浩章
発行所	株式会社　講談社 〒112-8001 東京都文京区音羽2-12-21
電話	出版　(03)5395-3715 販売　(03)5395-3608 業務　(03)5395-3603
デザイン	たにごめかぶと(ムシカゴグラフィクス)
本文データ制作	講談社デジタル製作
印刷所	豊国印刷株式会社
製本所	株式会社フォーネット社

落丁本・乱丁本は購入書店名を明記のうえ、小社業務あてにお送りください。送料は小社負担にてお取り替えいたします。なお、この本の内容についてのお問い合わせはラノベ文庫あてにお願いいたします。

ISBN978-4-06-523072-5　N.D.C.913　245p　15cm

定価はカバーに表示してあります

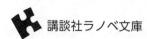

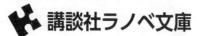

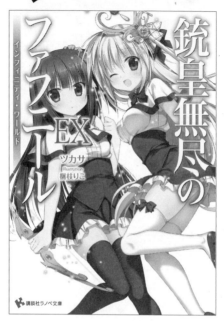